Die Unbezwingbar-
keit der Liebe

Un merci pour Angélique, ma très chère amie, pour l'aide à sujet de « Noël en France ».

Juergen von Rehberg

Die Unbezwingbar-
keit der Liebe

Noël en France

Bibliografische Information der Deutschen Nationalbibliothek:
Die Deutsche Nationalbibliothek verzeichnet diese
Publikation in der Deutschen Nationalbibliografie;
detaillierte bibliografische Daten sind im Internet
über http://dnb.dnb.de abrufbar.

Herstellung und Verlag: BoD – Books on Demand,
Norderstedt

ISBN: 978-3-7481-7110-2

Es war später Nachmittag, und die Sonne warf einen schmalen Strahl auf den Schreibtisch von Frau Dr. Ulrike Reinhard, ihres Zeichens Allgemeinmedizinerin und Hausärztin von Georg Rommelshausen.

Winzige Staubpartikel tanzten innerhalb des Sonnenstrahls auf und ab und gelegentlich verschwanden sie auch wieder.

Die schräg in das Behandlungszimmer einfallende Sonne berührte auch das Gesicht der Ärztin und ließ einen feinen Flaum auf ihrer Oberlippe erkennen.

Georg Rommelshausen musste lächeln. Es erinnerte ihn spontan an seine verstorbene Tante Luise, die Schwester seiner Mutter, die ebenfalls einen solchen leichten Bartwuchs hatte.

Die Ärztin, die gerade damit beschäftigt war, ein paar Notizen zu ihrem Patienten in den Computer einzugeben, hatte das Lächeln von Georg bemerkt.

„Warum lächeln Sie, Herr Rommelshausen?"

Georg zögerte einen kleinen Augenblick, bevor er antwortete.

„Sie erinnern mich an einen sehr lieben Menschen, Frau Doktor."

„Eine Geliebte von Ihnen oder jemand aus Ihrer Verwandtschaft?", setzte die Ärztin nach.

Georg hatte sich von der ersten Stunde ihrer Begegnung an in diese Frau verliebt. Ihm war bewusst, dass es immer nur eine Liebe ohne Erwiderung bleiben würde.

Zum einen war er mit Marie verheiratet, und zum anderen wies der Ring am Finger der Ärztin und das Familienfoto auf ihrem Schreibtisch mit Mann und Kindern klar darauf hin.

Georg fand das Gefühl, das er für die Ärztin hegte in keiner Weise verwerflich. War es doch ein reines Gefühl und frei von Begehren.

Als Marie ihrem langen Leiden erlegen war, fiel er erst einmal in ein tiefes Loch. Er vermied es auch in der nächsten Zeit die Frau Doktor zu konsultieren. Die Rezepte, die er für seine Medikamente brauchte, bestellte er telefonisch und holte sie am Schalter der Praxis ab.

Das ging ca. ein gutes halbes Jahr lang so. Als er danach wieder ein Rezept abholen wollte, teilte die Assistentin am Schalter mit, dass ihn die Frau Doktor sprechen wolle.

Georg nahm widerwillig im Wartezimmer Platz. Er wollte schon wieder gehen, als sein Name aufgerufen wurde.

Und nun saß er der Frau gegenüber, welcher er seit einiger Zeit aus dem Weg gegangen war. Warum das so gewesen war, wusste er selbst nicht so genau; aber vielleicht hatte er auch nur Angst davor sich nach dem Grund zu fragen.

„Sie haben abgenommen Herr Rommelshausen", unterbrach die Ärztin das Schweigen, *„wie geht es Ihnen?"*

Georg musste kurz schlucken. Er mochte die Frage nicht. Sie wurde ihm in den letzten Monaten unzählige Male gestellt.

Er fand, es war eine überflüssige Frage an einen Mann, der seine geliebte Ehefrau verloren hatte. Wie sollte es ihm schon gehen?

„Wie meinen Sie das", fragte Georg, *„körperlich oder seelisch?"*

„Beides, Herr Rommelshausen", antwortete die Ärztin, *„aber vordergründig interessiert es mich, wie es Ihnen seelisch geht."*

„Müsste es nicht vielmehr in Ihrem Interesse als Ärztin liegen zu wissen, wie es mir körperlich geht?", fragte Georg, und in der Frage schwang ein leicht provokanter Vorwurf mit.

Frau Dr. Reinhard sah ihren Patienten lange an. Georg hätte sich ohrfeigen mögen ob seiner dummen Antwort. Er schämte sich, und er hätte sie am liebsten ungeschehen machen wollen.

Georg schaute der Ärztin mit einem flehentlichen Blick ins Gesicht, als wolle er sie um Verzeihung bitten.

„Körper und Seele sind wie siamesische Zwillinge, lieber Herr Rommelshausen, man kann sie nicht voneinander trennen", begann Frau Dr. Reinhard und fuhr fort:

„Wenn die Seele leidet, dann muss es der Körper ausbaden."

Den letzten Satz hatte die Ärztin mit einem feinen Lächeln begleitet. Nach einer kurzen Pause fügte sie noch hinzu:

„Bitte, verzeihen Sie mir, wenn ich Ihnen zu nahegetreten bin; das lag nicht in meiner Absicht."

„Nicht Sie sind es, die sich entschuldigen muss", entgegnete Georg augenblicklich, *„es ist an mir, mich für meine unbedachte Äußerung zu entschuldigen. Es tut mir sehr leid."*

„Das ist sehr lieb von Ihnen, dass Sie das sagen, Herr Rommelshausen", erwiderte die Ärztin, *„was halten Sie davon, wenn wir noch einmal von vorne beginnen?"*

„Wenn Sie mir diese zweite Chance einräumen wollen, sehr gern, Frau Doktor."

Der Staub, der sich erschrocken hatte, stand plötzlich still in seinem Sonnenlicht. Es schien, als wolle er darauf warten, wie das Gespräch zwischen Arzt und Patient wohl weiter gehen würde.

„Das ist schön", sagte Frau Dr. Reinhard, „dann frage ich Sie noch einmal - wie geht es Ihnen?"

Georg dachte kurz nach und antwortet dann:

„Ich schlafe sehr schlecht, und ich vermisse meine Marie jeden langen Tag."

Die Ärztin sah in Georgs Gesicht, in dem sich gerade die ersten Tränen zeigten.

„Es tut so verdammt weh…", sagte Georg mit tränenerstickter Stimme, „und ich weiß nicht, was ich dagegen tun soll."

„Nichts", antwortete die Ärztin, „lassen Sie den Schmerz zu."

Georg schaute sie erstaunt an und fragte dann:

„Nichts? Ist das alles, was Sie mir raten können?"

„Nein", antwortete die Ärztin, „ich hätte noch einen weiteren Rat für Sie. Aber der ist ebenso schwer umzusetzen wie der erste."

„Und was wäre das?", fragte Georg.

„Wenn Sie wollen, dass der Schmerz weniger wird, dann müssen Sie Ihre Marie loslassen."

„*Habe ich das nicht schon tun müssen?*", antwortete Georg.

„*So meine ich das nicht, Herr Rommelshausen*", antwortete die Ärztin.

„*Wie dann?*", fragte Georg verunsichert.

„*Was ich Ihnen jetzt sage, wird Sie vermutlich seltsam anmuten*", begann die Ärztin ihren Versuch einem Menschen etwas zu erklären, was nur jemand begreifen kann, der auch den Mut dazu hat.

„*Sind Sie ein gläubiger Mensch, Herr Rommelshausen?*", fuhr die Ärztin fort, und Georg antwortete:

„*Religiös bin ich nicht, falls Sie das meinen; aber ich glaube an ein höheres Wesen.*"

„*Dann ist es für Sie vorstellbar, dass die Seele eines Verstorbenen aus seinem Körper entweicht und gen Himmel schwebt?*"

Georg musste unwillkürlich lächeln.

„*Warum lächeln Sie, Herr Rommelshausen?*", fragte die Ärztin.

„*Wegen Ihrer Wortwahl*", erwiderte Georg, „*der Gedanke des Schwebens gen Himmel gefällt mir.*"

„*Dann ist es also für Sie vorstellbar?*", fragte die Ärztin weiter, und Georg antwortete:

„Durchaus, Frau Doktor."

„Prima", sagte die Ärztin und fügte hinzu:

„Nachdem wir uns gerade in esoterischen Gefilden bewegen, lassen wir die <Frau Doktor> einmal weg. Ich nenne Sie Georg und Sie mich Ulrike; einverstanden?"

„Sehr gern, Frau Doktor - ich meine Ulrike", antwortete Georg schon fast euphorisch. Und plötzlich war es wieder da; das Gefühl, das er im Geheimen für diese Frau empfand: Liebe.

Er fühlte eine leise Röte in seinem Gesicht aufsteigen.

„Ist Ihnen nicht wohl, Georg?", fragte Ulrike, *„soll ich Ihnen ein Glas Wasser bringen?"*

„Nein, danke", antwortete Georg, *„es geht mir gut. Es ist nur gerade etwas aufregend für mich."*

„Möchten Sie vielleicht lieber etwas Stärkeres?", fragte Ulrike und Georg, dessen Verunsicherung in diesem Augenblick gerade die nächste Stufe erreichte, antwortete:

„Was hätten Sie denn anzubieten?"

Ulrike lachte. Sie drehte sich um und holte aus einem Schränkchen eine Flache.

„Ich habe nur Cognac", sagte sie, *„ein Geschenk eines dankbaren Patienten, der zugleich mein Taufpate ist."*

„Cognac ist in Ordnung", erwiderte Georg.

Ulrike holte zwei Wassergläser und stellte sie auf den Schreibtisch. Sie goss ein und sagte:

„Ich weiß, das ist nicht stilgerecht; aber ich habe nichts anderes."

„Kein Problem", antwortete Georg, *„wie heißt es doch so schön? Es kommt auf die inneren Werte an."*

Jetzt mussten beide lachen. Sie prosteten einander zu, und Georg bemerkte, dass er sich so gut wie schon lange nicht mehr fühlte.

Sein Blick fiel zufällig auf die Uhr, welche seitlich an der Wand neben dem Schreibtisch hing.

„Werden Sie nicht zuhause erwartet?", fragte er und Ulrike antwortete:

„Keine Angst. Ich werde nicht erwartet, ich bin alleinstehend."

„Aber das Bild", sagte Georg fragend und deutete auf die Fotografie auf dem Schreibtisch.

„Das ist mein Bruder mit seinen Kindern."

„Und der Ring an Ihrem Finger?", fragte Georg.

„*Selbstschutz, reiner Selbstschutz*", antwortete Ulrike lächelnd.

„*Heißt das, Sie werden gelegentlich von männlichen Patienten bedrängt?*", wollte Georg nun genau wissen, und Ulrike antwortete:

„*Heute nicht mehr; aber als ich jünger war, da schon. Jetzt trage ich ihn nur noch aus Gewohnheit.*"

Georg schaute Ulrike an. Sie hatte inzwischen die Deckenbeleuchtung eingeschaltet, denn die Sonne war inzwischen der Dämmerung gewichen.

„*Könnten Sie das große Licht wieder ausmachen*", sagte Georg, „*und stattdessen Ihre Schreibtischlampe anmachen?*"

Ulrike zögerte einen kurzen Augenblick, kam dann aber Georgs Bitte nach.

„*Ich hoffe, das war jetzt nicht zu aufdringlich*", sagte Georg, und es klang fast wie eine Entschuldigung.

„*Nein*", antwortete Ulrike und mit Blick auf das leere Glas von Georg fragte sie:

„*Darf ich nachgießen?*"

„*Wenn ich Sie nicht zulange aufhalte, dann gern*", antwortete Georg.

„*Wie ich schon sagte*", erwiderte Ulrike, „*zuhause wartet niemand auf mich.*"

„*Wie bei mir…*", schloss sich Georg mit leiser Stimme an.

„*Nachdem wir das geklärt haben, können wir uns ja wieder unserem ursprünglichen Gespräch widmen*", sagte Ulrike, nahm ihr Glas und prostete Georg zu.

„*Wo waren wir stehen geblieben?*", fragte sie dann, und Georg antwortete brav:

„*Die Seele entschwebt gen Himmel.*"

„*Genau*", bestätigte Ulrike, und dann offenbarte sie Georg ihre ureigene Theorie, wie das mit der Seele so ist, wenn ein Mensch stirbt:

„*Kennen Sie den Unterschied von einem normalen Aufzug zu einem Paternoster?*"

„*Ich denke schon*", antwortete Georg.

„*Die Seele Ihrer geliebten Marie sitzt in einem Paternoster. Die technische Bezeichnung heißt übrigens <Personen-Umlauf-Aufzug>.*

Mit diesem Aufzug fährt sie ständig rauf und runter, weil Sie sie nicht loslassen wollen."

16

Georg drohte ob der drastischen Erklärung schwindelig zu werden, und er nahm einen großen Schluck aus seinem Glas.

„Wenn Sie Ihre geliebte Marie, bzw. ihre Seele freigeben würden, dann könnte diese – wie in einem ganz normalen Lift – bis ganz nach oben fahren."

Georg schaute Ulrike an. Er hatte jedes ihrer Worte genau vernommen und war gerade dabei sie zu ordnen, wobei die bildliche Darstellung dieses Seelenwanderungsvorganges äußerst behilflich war.

„Sie glauben wirklich, was Sie da gerade gesagt haben, nicht wahr?", fragte Georg zögerlich.

„Jedes Wort, mein Lieber", antwortete Ulrike und erschrak über sich selbst. Es war ihr einfach herausgerutscht und lag wohl daran, dass sie den ganzen Tag über noch nichts Gescheites gegessen hatte,

Bevor sie sich entschuldigen konnte, verließ Georg die ihn bis zu diesem Moment schützende Zone und sagte:

„Das ist wunderschön, liebe Ulrike. Ich kann mir das sehr gut vorstellen, und ich werde meine Marie jetzt ziehen lassen…"

Nachdem Georg die Frau Doktor mit „liebe Ulrike" angesprochen hatte, beschloss diese die Angelegenheit mit „mein Lieber" aus sich beruhen zu lassen.

„*Ich glaube, Marie hätte ihre Freude, wenn sie das jetzt sehen könnte*", sagte Georg, „*meinen Sie nicht auch?*"

„*Ganz sicher sogar, lieber Georg*", antwortete Ulrike, und sie genoss es sehr, dass ihre Theorie von der Seelenwanderung Anklang gefunden hatte.

„*Ich bin sicher, sie würde wollen, dass Sie wieder aktiv am Leben teilnehmen*", zündete Ulrike nun die zweite Stufe.

„*Das ist richtig*", erwiderte Georg, „*sie hat es mir sogar gesagt.*"

Ulrike sah Georg fordernd an. Sie hoffte und wünschte sich, dass er mehr davon erzählen würde. Und nach wenigen Augenblicken tat er es dann auch.

„*Als es mit Marie im Hospiz zu Ende ging, hatten wir ein langes Gespräch. Sie hat mir eindringlich gesagt, dass ich mich nicht verkriechen solle. Und sie wünschte mir sogar eine neue Liebe. Ist das nicht verrückt?*"

Wir hatten eine Kerze angezündet, und wir haben uns bei der Hand gehalten. Als sie dann friedlich eingeschlafen ist, hat sie gelächelt."

„*Es ist schön, dass sie so voneinander Abschied nehmen konnten*", sagte Ulrike, „*das ist nicht allen vergönnt.*"

Georg nickte. Ulrike nahm die Hände von Georg in die ihre, schaute ihn bedeutungsvoll an und sagte:

„Und jetzt vergönnen Sie ihrer geliebten Marie ihren Tod und lassen Sie sie los."
Georg lächelte und erwiderte:

„Einfach so?"

„Einfach so", wiederholte Ulrike, *„wie ein kleines Mädchen, das seinen Luftballon loslässt und ihm freudig dabei zusieht, wie er immer höher und höher steigt, bis ganz hinauf in den Himmel."*

„Das ist ein sehr schöner Vergleich", sagte Georg, *„und ich danke Ihnen sehr, dass Sie sich so um mich bemühen."*

„Das ist keine Mühe, mein Lieber", erwiderte Ulrike, *„es macht mir sehr große Freude. Und jetzt trinken wir einen großen Schluck auf Marie und wünschen ihr, dass sie es gut haben möge in ihrer neuen Umgebung."*

Lag es an dem dritten Cognac, der in den Gläsern freudig herumschaukelte oder an der harmonischen Atmosphäre, die sich inzwischen entwickelt hatte, wer vermag es zu beurteilen.

Tatsache war jedenfalls, dass sich Patient und Ärztin peu à peu immer näherkamen, ohne dass es ihnen bewusst wurde.

„*Sie sind eine bemerkenswerte Frau, Ulrike*", sagte Georg und strahlte sein Gegenüber dabei mit feurigem Blick an.

„*Und Sie sind ein liebenswerter Mann, Georg*", kam postwendend das Kompliment zurück.

„*Gibt es in Ihrer Umgebung keine Frau, die Ihnen gefallen könnte?*", sagte Ulrike. „*Und denken Sie daran, was Marie Ihnen aufgetragen hat.*"

Georg erschrak. Hatte er sich verraten? Vielleicht hatte er durch eine unbedachte Bemerkung oder einen Blick Ulrike seine heimliche Liebe zu ihr offenbart.

„*Ja, es gibt eine solche Frau*", antwortete Georg vorsichtig.

„*Das ist ja wunderbar*", sagte Ulrike begeistert. „*Sprechen Sie sie an, laden Sie sie zum Essen ein.*"

„*Das geht nicht*", antwortete Georg hastig, und Ulrike fragte:

„*Warum nicht?*"

„*Weil diese Dame viel zu jung für mich ist.*"

Georgs Stimme klang traurig, als er das sagte.

„*Wie jung ist zu jung?*", fragte Ulrike.

„*Sie ist so etwa in Ihrem Alter*", antwortet Georg.

„*Na und?*", kam die für Georg überraschende Antwort.

„*Sie sind jung, Sie sind schön und Sie sind attraktiv*", sagte Georg, „*könnten Sie sich ernsthaft vorstellen mit einem alten Zausel wie mir eine Beziehung einzugehen?*"

Georg hatte die Worte förmlich herausgepresst, und er fühlte, wie das Blut in seinen Schläfen hämmerte.

„*Also <attraktiv und schön> nehme ich dankend als Kompliment an*", antwortete Ulrike lächelnd, „*aber das <jung> muss ich zurückweisen. Ich empfinde mich eher als <semi-alt>, wenn überhaupt.*"

Und bevor Georg etwas darauf erwidern konnte, fügte Ulrike noch schnell hinzu:

„*Und was Ihre Frage betrifft, ja, ich kann mir das sehr gut vorstellen.*"

Jetzt war Georg einer Ohnmacht nahe. Diese wunderbare, liebe und begehrenswerte Frau, der er in diesem Augenblick ganz nah war, hatte ihm gerade das Tor zum Paradies geöffnet.

„*Würdest du mit mir essen gehen?*"

Die alles entscheidende Frage war einfach so aus seinem Herzen geschlüpft und mühelos über seine Lippen geglitten.

„Ich habe gehofft, dass du mich das fragen wirst", kam die Antwort von Ulrike, die den gleichen Weg genommen hatte, wie zuvor die Frage von Georg.

*****

Wilhelm von Rommelshausen war der Spross einer alten österreichischen Adelsfamilie, deren männliche Abkommen stets dem Militär verbunden waren.

Obwohl am 20.04.1919 das Adelsaufhebungsgesetz in Kraft trat, wonach laut § 2 das Recht zur Führung des Adelszeichens „von" als aufgehoben galt, ließ sich der Baron weiterhin in seinem Umfeld als solcher ansprechen.

Die Proklamation - dieses in seinen Augen unverschämten Gesetzes - fand auf den Tag genau 30 Jahre nach der Geburt von Adolph Hitler statt.

Wilhelm von Rommelshausen war Generalmajor im Ersten Weltkrieg, und er führte damit die Tradition derer von Rommelshausen fort, dem Generalstab anzugehören.

Als nun die Reihe an Georg war, diese Tradition aufrecht zu halten, kam es zum Eklat. Georg war überzeugte Pazifist und bereit für seine Überzeugung notfalls auch sein Leben zu lassen.

Als im Jahr 1939 gegen Polen mobilgemacht wurde, interessierte das niemand. Georg, gesund und im wehrfähigen Alter, wurde zu den Waffen gerufen.

Seine ihn liebende Mutter bat ihren Sohn inständig dem Aufruf doch nachzukommen und sich und seine Mutter nicht ins Unglück zu stürzen.

Georg gab dem Drängen der Mutter schließlich nach, jedoch unter der Prämisse seinen Dienst am Vaterland als Sanitäter zu leisten.

Der Herr Papa, Generalmajor a. D. Wilhelm von Rommelshausen wurde von seiner Gattin vergattert seine Beziehungen darauf zu verwenden, den Wunsch des geliebten Sohnes Wirklichkeit werden zu lassen.

Und so wurde aus dem jungen Baron Georg von Rommelshausen, der genau genommen ja gar kein Baron mehr war, der Sanitäter Rommelshausen, der über viele Jahre hinweg verwundete Kameraden auf dem „Feld der Ehre" versorgte und Sterbenden die Augen zudrückte.

Die anfängliche Angst zu Beginn, ausgelöst durch das Krachen von Bomben und Granaten, verwandelte sich im Laufe der Jahre in einen Fatalismus.

Georg hatte irgendwann aufgehört dem Schreien der Verwundeten eigene Empfindungen hinzuzufügen. Noch nicht einmal das Rufen Sterbender nach ihrer Mutter vermochte ihn zu berühren.

Wenn er wieder einmal über das Schlachtfeld ging, hin zu den verwundeten Kameraden, so geschah das fast so, als würde er zuhause über die Wiesen nahe dem elterlichen Besitz streifen.

Es war gegen Ende des 6. Kriegsjahrs, als er in französische Gefangenschaft geriet. Und obwohl er ein Schutzzeichen am linken Oberarm trug und seine Identitätskarte vorweisen konnte, wurde ihm seine Pistole abgenommen und zum „Prisonnier de Guerre Allemagne-Autriche" erklärt.

Georg hatte in all den Jahren keinen einzigen Schuss abgegeben, und er war auch nicht an Infanteriemaschinenwaffen ausgebildet worden.

Und nach dem „Jus ad bellum", dem Kriegsvölkerrecht, *„darf Sanitätspersonal nicht in Kriegsgefangenschaft genommen werden, sondern lediglich zu Behandlungszwecken zurückgehalten werden, insofern das notwendig ist. "*

Aber entweder die Franzosen hatten dieses Papier nie zu Gesicht bekommen oder es war ihnen ganz einfach egal.

Seine Pistole hatte man Georg zwar abgenommen, nicht jedoch seine Sanitätstasche. Verbandmaterial, Schere, Pinzette, Jodtinktur und Zinksalbe musste er ausräumen. Tabletten einer schwachen Opiumzubereitung hatte er schon lange keine mehr. Nun war genügend Platz für ein paar Nahrungsmittel.

Die Briefe aus der Heimat, die er irgendwann gar nicht mehr geöffnet hatte, waren ihm ebenfalls abgenommen worden. Den Mut sie wegzuwerfen hatte er jedoch nie. Dass ihm auch seine kleine Mundharmonika abgenommen wurde, schmerzte ihn am meisten.

Georg kam in ein Lager, unweit der Küste in der Normandie. Die Zustände waren unbeschreiblich und menschenverachtend, die sanitären Verhältnisse und die mangelhafte Ernährung führten bei vielen zu Ruhr und Typhus.

Die ersten Wochen mussten die Gefangenen auf blanker Erde zubringen. Es gab keine Zelte, geschweige denn Baracken. Das Gelände war mit einem inneren und äußeren Zaun eingefriedet.

Wer sich mehr als 10 Meter dem inneren Zaun näherte, wurde ohne Vorwarnung erschossen. Das Wachpersonal lebte den über Jahre angestauten Hass auf die Gefangenen hemmungslos aus. Ganz egal, ob Deutsche oder Österreicher.

Schon nach wenigen Tagen wurde ein großer Teil der Gefangenen, welche körperlich dazu imstande waren, an die Zivilbevölkerung verliehen.

Wer Glück hatte, wurde für die Arbeit in der Landwirtschaft irgendwelchen Bauern in der Gegend zugeteilt.

Ganz übel hingegen traf es diejenigen Gefangenen, welche „Déminagekommandos" angehörten, obwohl dies ein Verstoß gegen den Artikel 32 der Genfer Konvention war.

Bei diesen Minenräumungsarbeiten sind einige Tausend Soldaten ums Leben gekommen. Die französische Regierung war der Meinung, dass diejenigen, welche die Minen auf ihrem Boden vergraben hätten, diese auch wieder ausgraben sollten.

War die Minenräumung die gefährlichste Arbeit, so war der Einsatz in den Kohlebergwerken die härteste. Schlechte Arbeitsbedingungen, schlechte Behandlung und schlechte Ernährung, die nur ganz allmählich verbessert wurden.

Als Georg zum Lagerkommandanten gerufen wurde, erlebte er eine angenehme Überraschung.

„Sie werden mit einem weiteren Gefangenen auf einen Bauernhof in der Nähe verbracht. Packen Sie Ihre Sachen zusammen!"

*****

Monsieur Clément Meurisse war nicht nur der Bürgermeister der Gemeinde, in deren Nähe sich das Gefangenenlager befand, er betrieb außerdem noch eine Landwirtschaft.

Seine beiden Söhne waren in den Krieg gezogen; aber nur einer war zurückgekehrt. Pierre war gleich zu Beginn des Krieges gefallen, und Henri hatte den Krieg zwar überlebt; war jedoch traumatisiert daraus zurückgekehrt.

Einzig die Tochter Marie Claire konnte auf dem Hof mitarbeiten, denn die Ehefrau von Monsieur Meurisse litt unter Morbus Oromoto und verbrachte die meiste Zeit im Haus,

Morbus Oromoto ist eine nach dem japanischen Arzt, Dr. Kazuki Oromoto benannte Erkrankung der Lunge. Gelegentliche Anfälle lösen eine akute Atemnot aus, die unter Umständen zum Erstickungstod führen kann.

Der französische Lagerkommandant war der Bruder von Madame Meurisse, und als sein Schwager an ihn mit der Bitte herantrat, er möge ihm zwei Gefangene zur Verfügung stellen, zögerte der Kommandant keinen Augenblick.

Clément Meurisse wollte unbedingt einen Arzt haben, aber unter den Gefangenen gab es nur den Sanitätsgefreiten Georg von Rommelshausen, den er dem Bürgermeister zur Verfügung stellen konnte.

Und so wurde der Sanitätsgefreite mit einer Tasche ausgestattet, vollgestopft mit allerlei nützlichen und unnützen Utensilien und in Marsch gesetzt.

Der zweite Gefangene, der ihn begleitete, hieß Ewald Schneider und war achtzehn Jahre alt. Als er von französischen Soldaten aufgegriffen wurde, lag er zusammengekauert auf dem Boden mit einer Schussverletzung am Kopf. Er stammelte wirres Zeug und schlug wie wild um sich.

Dass ihn der Lagerkommandant dennoch ausgesucht hatte, lag wohl daran, dass die Kopfverletzung nur halb so wild war, wie sie aussah, und dass der junge Mann von kräftiger Statur war. Man konnte wohl davon ausgehen, dass er am Krieg nur für kurze Zeit teilgenommen hatte.

Als die beiden Gefangenen auf dem Hof ankamen, schlug ihnen eine Welle von Hass und Verachtung entgegen.

„Vous êtes des Boches, toutes les Allemandes sont des Boches!“[1]

Mit diesem aus tiefstem Herzen empfunden und ausgesprochenen Schimpfwort machte der Patron unmissverständlich klar, was die beiden Gefangenen zu erwarten hatten.

Etwas gemäßigter, aber deswegen nicht wirklich freundlicher war der Empfang durch die Tochter Marie Claire.

Man konnte es diesen Menschen nicht verdenken, dass sie so dachten. Zuviel Leid war ihnen durch den unsäglichen Krieg zugefügt worden, und dass in erster Linie von den „Boches“, den Deutschen.

---

[1] Ihr seid Schweine, alle Deutschen sind Schweine.

„*Kommen Sie mit mir*", sagte Marie Claire in gut verständlichem Deutsch, „*ich zeige Ihnen, wo Sie schlafen werden.*"

Sie führte Georg und Ewald in die Scheune, wo zwei mit Stroh gefüllte Säcke als Bettstatt hergerichtet waren.

„*Ihre Arbeit beginnt morgen früh um 5 Uhr im Stall. Ich werde Ihnen dann alles zeigen.*"

Mit diesen Worten verließ sie die beiden Männer und ging zurück ins Haus.

Jetzt erst bemerkte Georg, dass neben den Strohsäcken ein kleines Tuch lag mit Brot, Speck, Käse, einer Flasche Rotwein und eine Petroleumlampe.

„*Zwick mich*", sagte Georg, „*damit ich sicher sein kann, dass das kein Traum ist. Ewald, wir sind im Paradies.*"

Ewald nickte nur. Seit seiner Gefangenschaft hatte er kein einziges Wort gesprochen. Das war vermutlich auf die Kopfverletzung zurückzuführen.

Als sie sich zum Schlafen niedergelegt hatten, wartete Georg, bis Ewald eingeschlafen war. Dann holte er das Bild seiner Mutter aus seiner Sanitätstasche, welches er unter dem Boden der Tasche versteckt hielt.

Er betrachtete es im schwachen Schein der Petroleumlampe. Dann tat Georg etwas, was er schon sehr,

sehr lange nicht mehr gemacht hatte. Er faltete die Hände und betete das Vaterunser.

****

Als Marie Claire in die Scheune kam, schliefen Georg und Ewald noch tief und fest. Es war noch nicht einmal ganz 5 Uhr.

„Revelez-vous, Messieurs!² Sie können sich draußen am Brunnen waschen. Danach kommen Sie in den Stall, vite, vite!"

Georg betrachtete die Tochter des Bürgermeisters etwas genauer. Sie war wohl in seinem Alter, vielleicht sogar etwas älter. Sie war groß und schlank, hatte kurzes, schwarzes Haar und dunkle Augen. Ihre Stimme war kräftig und bestimmend; jedoch nicht unangenehm.

Marie Claire war aufgefallen, dass Georg sie anstarrte und fragte:

„Quelque chose ne vas pas, Monsieur?"³

---

² Aufstehen, meine Herren!
³ Ist etwas nicht in Ordnung, mein Herr?

„Tout va bien, Mademoiselle"[4], antwortete Georg erschrocken. Marie Claire sah Georg noch einen Moment lang an und verließ dann die Scheune.

Die Arbeit im Stall bestand darin auszumisten und frisches Stroh zu streuen. Georg und Ewald waren guter Dinge.

Sie hatten vorher noch kurz in ihrer neuen Unterkunft gefrühstückt. Marie Claire hatte ihnen Kaffee mit in die Scheune gebracht.

Sie waren schon fast mit dem Ausmisten fertig, als Marie Claire erschien.

„Kommen Sie mit", sagte sie zu Georg, und an Ewald gewandt: *„Sie machen weiter."*

Georg folgte Marie Claire ins Haus, wo sie ihn mit dem Hausarzt bekannt machte.

„Das ist Docteur Delacrois, er wird Ihnen ein paar wichtige Dinge erklären."

Georg nickte und streckte dem Arzt die Hand zum Gruß entgegen, welche der Doktor jedoch verweigerte. Stattdessen bedeutete er Marie Claire:

„Traduis ce que je vais lui dire."[5]

Georg kam dem zuvor, indem er sagte:

---

[4] Es ist alles gut, mein Fräulein.
[5] Übersetzen Sie, was ich ihm sage.

„Ça ne sera pas nécessaire, je parle français. "[6]

Erstaunen macht sich breit. Am meisten aber wohl beim Patron Clément Meurisse. Der Doktor lächelte ein wenig. Es war gerade so viel, dass man meinen konnte, er wolle dem jungen Deutschen Respekt damit bekunden.

Dann erklärte er Georg die Krankheit von Madame Meurisse, und was Georg zu tun hätte, sollte Madame einen Krampfanfall bekommen.

Er gab Georg ein Injektionsbesteck und einige Ampullen, nachdem ihm Georg mitgeteilt hatte, dass er ein Medizinstudium absolviert hatte, bevor er in den Krieg ziehen musste.

Clément hatte das Szenario mit argwöhnischem Blick verfolgt. So ganz geheuer war ihm das Ganze offensichtlich nicht.

Madame Meurisse hingegen schaute Georg fast liebevoll an. Sie hegte großes Vertrauen in ihn, und wollte es Georg gegenüber wohl damit zum Ausdruck bringen.

Marie Claire empfand eine gewisse Erleichterung, als sie mitbekommen hatte, dass Georg über fundierte medizinische Kenntnisse verfügte.

---

[6] Das wird nicht nötig sein, ich spreche französisch.

Und Georg sah zum ersten Mal Henri, den Sohn der Familie Meurisse, der in einer Ecke saß und den Oberkörper hin und her wiegte.

„C`est la guerre maudite",[7] sagte Clément Meurisse an Georg gerichtet, und er fügte noch hinzu:

„Ce n`est que la faute des Allemands."[8]

Georg sagte nichts. Was hätte er auch erwidern können. Natürlich verdammte er diesen Krieg genauso wie Monsieur Meurisse, und natürlich waren es die Deutschen, die ihn begonnen haben.

Er verbeugte sich kurz vor dem Arzt, bevor er den Raum verlassen wollte, und zu seiner großen Überraschung reichte dieser ihm die Hand mit den Worten:

„Bonne Chance, Monsieur!"[9]

*****

Die Tage vergingen mit Arbeit im Stall und auf den Feldern. Als das Pflügen anstand, holte der Patron eine Kuh aus dem Stall und spannte sie vor einen alten, verrosteten Pflug.

---

[7] Das ist der verdammte Krieg.
[8] Das ist nur die Schuld der Deutschen.
[9] Viel Glück, mein Herr!

Georg musste die Kuh führen und Ewald musste den Pflug halten. Das war eine rechte Knochenarbeit. Als sie am Abend todmüde auf ihren Strohsäcken saßen, zupfte Ewald Georg am Arm und führte ihn in den hinteren Teil der Scheune.

Dort zog Ewald die Plane von einem Traktor und wies Georg mit einer Kopfbewegung – in Verbindung mit einem Achselzucken - darauf hin. Georg verstand sofort, was Ewald ihm damit bedeuten wollte.

Am nächsten Morgen sprach Georg den Patron auf den Traktor an und fragte, warum sie ihn nicht zum Pflügen benützen könnten.

„Le tracteur est cassé",[10] kam die ernüchternde Antwort des Patrons.

Ewald schaute erwartungsvoll zu Georg und dieser übersetze ihm, dass der Traktor kaputt sei. Ewald gestikulierte mit den Händen herum, dass er ihn eventuell reparieren könnte.

Georg fragte den Patron, ob sie wohl von ihm Werkzeug haben könnten. Ewald wolle den Versuch machen den Traktor instand zu setzen.

Der Patron holte eine Kiste mit Werkzeug, und Ewald versuchte sein Glück. Es dauerte keine Stunde, und Monsieur Clément Meurisse, Bürgermeister und Landwirt kam aufgeregt aus dem Haus gestürzt.

---

[10] Der Traktor ist kaputt.

Er hatte das vertraute „Tack-Tack-Tack" seines Traktors „Deutz MTZ 320" vernommen, den er aus Deutschland gekauft hatte, als die beiden Völker noch miteinander sprachen.

Ewald war es tatsächlich gelungen die Maschine zu reparieren. Er hatte die Einspritzdüsen samt Luftfilter gereinigt und dem Traktor wieder Leben eingehaucht.

Der Patron war völlig aus dem Häuschen. Für einen kurzen Augenblick vergaß der Mann, dass Ewald der „Boche", der böse Deutschen war. Er umarmte ihn und bedankte sich überschwänglich.

Es bedurfte auch keiner Übersetzung für Ewald, denn es war offensichtlich, welch große Freude der Patron empfand. Das änderte jedoch nichts daran, dass er Ewald weiterhin „Poisson" nannte, denn Ewald sprach nach wie vor kein einziges Wort. Er blieb einfach nur stumm wie ein Fisch.

Von dieser Stunde an, veränderte sich das Verhältnis zwischen dem Patron und den beiden Kriegsgefangen auf drastische Weise. Die Mahlzeiten wurden fortan gemeinsam eingenommen und Marie Claire durfte den beiden Männern sogar zivile Kleidung von ihrem gefallenen Bruder Pierre geben.

Das war aber nur möglich, weil Madame Meurisse darauf bestanden hatte. Sie sah in Georg und Ewald einfach nur zwei junge Männer, die gezwungen worden waren mit der Waffe auf Menschen zu schießen, denen sie nie zuvor begegnet waren, und die genauso eine Mutter hatten, wie ihr Pierre.

So sehr es dem Patron egal war, dass Georg und Ewald die Kleider seines Sohnes tragen, so wenig konnte Marie Claire damit umgehen. Sie fand es nicht richtig und es tat ihr weh. Sie sah jedes Mal ihren gefallenen Bruder, wenn sie Georg darin erblickte.

Ewald war ja doch wesentlich jünger, aber Georg war wohl im selben Alter wie Pierre. Es war Georg nicht entgangen, und er bot Marie Claire an seine Uniform wieder anzuziehen.

„Das möchte ich nicht", wehrte Marie Claire sein Angebot ab, *„lieber sehe ich dich in den Kleidern meines Bruders als in der Montur eines Soldaten."*

Es war das erste Mal, dass Marie Claire ihn geduzt hatte.

Georg und Ewald durften sich inzwischen frei bewegen. Sie kamen ihrer Arbeit nach, und seitdem der Traktor wieder lief, war vieles leichter geworden.

Ewald genoss es sogar, wenn er auf dem Traktor saß und über die Felder fuhr. Georg hatte ihn eines Abends gefragt, ob er Erfahrung mit der Landwirtschaft habe, und Ewald hatte es bestätigt.

Als Georg jedoch näheres von Ewald erfahren wollte, schüttelte dieser zum Zeichen, dass er das nicht möchte, heftig mit dem Kopf. Georg respektierte das und fragte fortan nicht mehr.

Das Leben auf dem Hof verlief ohne Zwischenfälle. Der Lagerkommandant kam gelegentlich vorbei, um sich zu erkundigen, wie sein Schwager mit den Gefangenen zurechtkäme, und ob er mit ihnen zufrieden wäre.

Der Patron versicherte dem Lagerkommandanten, dass alles in bester Ordnung sei und verabschiedete ihn, nicht jedoch ohne vorher ein großes Stück Speck aus der Vorratskammer für ihn zu holen.

Inzwischen waren schon einige Monate ohne nennenswerte Zwischenfälle vergangen. Das änderte sich an jenem Morgen, als Marie Claire völlig aufgelöst in die Scheune gerannt kam.

„La mère, elle meurt",[11] rief sie immer wieder und rüttelte heftig an Georg, der noch wie Ewald im tiefen Schlaf lag.

Georg sprang auf und folgte Marie Claire. Als sie bei der Mutter angekommen waren, sah Georg sofort, was passiert war. Es handelte sich um eine „Suffokation", ausgelöst durch einen „Status asthmaticus", einen schweren Asthmaanfall.

Madame Meurisse drohte zu ersticken und ihr Gesicht war schon leicht rot-blau verfärbt.

Georg rannte in die Küche. Er suchte nach einem Messer. Da sah er eine große Korbflasche und einen Trichter.

---

[11] Die Mutter stirbt.

Der Patron hatte scheinbar am Vorabend Wein aus der großen Korbflaschen in die kleine Flasche umgefüllt.

Er nahm den Trichter, hielt ihn kurz unter den Wasserhahn und spülte ihn durch. Dann rannte er zurück zu der Patientin.

„Ich brauche ein scharfes Messer", sagte Georg zu Marie Claire, und Marie Claire schrie ihren Vater an:

„Donne-moi ton couteau de poche, papa ; vite!"[12]

Der Patron holte sein Taschenmesser aus der Hose und reichte es Marie Claire.

Georg machte sein Feuerzeug an und hielt das Messer in die Flamme.

„Ich brauche ein sauberes Tuch", sagte Georg, und Marie Claire holte einen Leinenfetzen, mit welchem Georg das Messer abwischte.

Dann setzte er einen Schnitt im Bereich der Luftröhre und schob die Röhre des Trichters hindurch. Das vernehmbare Geräusch der entweichenden Atemluft war der Beweis dafür, dass der Eingriff erfolgreich verlaufen war.

Die normale Gesichtsfarbe kehrte allmählich zurück und Madame Meurisse konnte wieder frei atmen. Sie ergriff Georgs Hand und während ihr die Tränen

---

[12] Gib mir dein Taschenmesser, Papa; schnell!

über das Gesicht rannen, lächelte sie ihn voll Dankbarkeit an.

Wenig später traf der Rettungswagen ein, der Madame Meurisse ins Spital brachte. Marie Claire begleitete die Mutter und der Patron holte einen Pastis und schenkte sich, dem Retter und auch Ewald ein.

„Santé, mes amis et merci!"[13]

Das war ein ganz besonderer Moment. Es war, als hätte es nie einen Krieg gegeben, und es gäbe auch keine Feindschaft zwischen Franzosen und Deutschen.

Die größte Überraschung stand den beiden Kriegsgefangenen noch bevor. Noch am selben Abend kam der Lagerkommandant vorbei. Als er Georg gegenüberstand, stammelte er mit tränenerstickter Stimme:

„Tu as sauvé ma sœur; merci, merci, merci!"[14]

Er umarmte den völlig überraschten Lebensretter und küsste ihn Rechts-Links-Rechts, ganz in der Manier eines wahren Franzosen.

Dann griff er in die Tasche, holte ein Bündel Briefe heraus und überreichte sie Georg. Es waren die Briefe seiner Mutter.

---

[13] Zum Wohl, meine Freunde und danke!
[14] Du hast meine Schwester gerettet; danke, danke, danke!

Und dann holte er noch die kleine Mundharmonika aus der Tasche und überreichte sie ebenfalls Georg.

Georg strahlte. Endlich hatte er seine Mundharmonika wieder. Sie war sein bester Freund geworden in den vergangenen Jahren, und sie war Balsam an manchen Abenden, wenn er müde und traurig in seinem Schützengraben lag.

Diese wunderbare Geste ermutigte Georg zu einem gewagten Schritt. Er fragte, ob der Kommandant erlauben würde, dass er und Erwin einen Brief nach Hause schicken dürften. Der Kommandant überlegt kurz und antwortete dann:

„Une lettre, une seule."[15]

Danach verabschiedete sich Monsieur le Commandant und ging zurück zum Wagen. Er wollte schon losfahren, als er wieder ausstieg, um Georg noch drei Päckchen Zigaretten zu schenken.

Am Abend, als Georg und Ewald wieder allein in ihrer Scheune waren, nahm Georg die Mundharmonika und spielte. Er spielte einige Melodien, die ihm gerade in den Sinn kamen. Als er „Lili Marleen" anstimmte, hörte er plötzlich Ewald sagen:

„Dieses Lied mag ich besonders."

„Du hast deine Sprache wiedergefunden", rief Georg voller Freude, *„das ist ja wunderbar."*

---

[15] Einen Brief, einen einzigen.

„*Ich hatte sie nie verloren*", antwortete Ewald, „*ich hatte sie nur versteckt.*"

„*Ich heiße Franz Nigel und stamme aus Rust.*"

Mit diesen Worten begann der Mann, der bis vor wenigen Augenblicken noch Ewald Schneider hieß, seine Lebensbeichte.

„*I wer narrisch*", entfuhr es Georg, „*a Burgenlandler.*"

Wären Georgs Eltern in diesem Augenblick anwesend gewesen, hätte sie der Schlag getroffen.

Im Hause derer von Rommelshausen wurde ein gepflegtes „Schönbrunner Deutsch" gesprochen, und ein solcher Vulgär-Dialekt wäre ein absoluter, unverzeihlicher Fauxpas gewesen.

„*Als ich 17 war, habe ich mich zur 12. SS-Panzer-Division Hitlerjugend anwerben lassen. Ich wollte unbedingt Panzerfahrer werden.*

Ein knappes Jahr später wurden wir in die Normandie nahe Évrecy verlegt, wo die Invasion begonnen hatte. Am kommenden Tag gerieten wir in ein

Gefecht mit den Alliierten, welche am „Juno Beach" gelandet waren.

In dessen Verlauf wurde unser Panzer getroffen. Der Kommandant, ein altgedienter Kämpe aus Hessen und ich waren die einzigen Überlebenden.

Als wir aus dem Panzer geklettert waren, hieß mich mein Kommandant, Stabsunteroffizier Herrmann Wörner, Träger des silbernen Panzerkampfabzeichens und des EK I, meine Uniform auszuziehen. Als ich ihn nach dem WARUM fragte, antwortete er:

<Wenn dich die Alliierten finden, wirst du als An-gehöriger der Waffen-SS sofort erschossen.>

Dann schaute er sich nach einem gefallenen Solda-ten der Wehrmacht um, der ungefähr meine Größe hatte und zog ihm seine Uniform aus.

Als ich die Uniform des toten Kameraden anzog, war ich wie ferngesteuert. Solange ich in meinem Panzer saß, hatte ich keine Angst. Jetzt, wo ich im Freien stand und rundherum geschossen wurde, än-derte sich das schlagartig.

Als der Kommandant seine Pistole nahm und auf mich anlegte, habe ich mir fast in die Hose gemacht. Und als er dann sagte, er würde mir jetzt einen Streifschuss an den Kopf verpassen, damit es echt aussehen würde, bin ich beinahe ohnmächtig gewor-den.

Ich stand vor ihm wie gelähmt. Dann fiel der Schuss. Das warme Blut lief mir seitlich über die Wange.

Der Kommandant wickelte mir eine Binde um den Kopf und gab mir die Hand. Mit den Worten <Mach es gut, mein Junge und grüß mir die Heimat> trat er einen Schritt zur Seite, hielt sich den Revolver an die Schläfe und drückte ab. Danach wurde es Nacht um mich."

Georg hatte wie gebannt zugehört. Das war die verrückteste Geschichte, die er je gehört hatte. Dann fragte er:

"Wie bist du aber zu dem Namen <Ewald Schneider> gekommen?"

"Das war ebenfalls die Idee von Stabsunteroffizier Wörner. Im Soldbuch des toten Soldaten stand der Name <Ewald Schlierenzuber>. Wörner riss einen Teil des Soldbuches schräg ab, sodass danach nur noch <Ewald Sch> zu lesen war."

"Was war mit dem Bild im Soldbuch des toten Soldaten?", fragte Georg, *"sah es dir ähnlich?"*

"Nicht wirklich", antwortete Franz, *"aber mit meinem Turban auf dem Kopf und der Brille des Toten, welche ich mir aufgesetzt hatte, ging es. Zum Glück war der Tote kaum älter als ich."*

„*Warum hast du den Namen <Schlierenzuber> nicht einfach beibehalten?*", fragte Georg weiter, und Franz antwortete:

„*Ich hatte Angst, dass mich dieser eher seltene Namen irgendwie verraten könnte, wenn einer seiner Kameraden unter den Gefangenen wäre. <Ewald Schneider> hingegen ist ein Allerweltsname.*"

„*Du bist ganz schön ausgebufft für dein Alter*", sagte Georg lachend, „*aber etwas würde mich noch interessieren.*"

„*Und was wäre das?*", fragte Franz.

„*Warum vermeidest du zu sprechen?*"

„*Weil ich Angst hatte und immer noch habe, dass ich mich verplappern könnte. Als ich gefangen wurde, habe ich immer wieder nur <Ewald Schneider> gestammelt, und als sie mich nach meiner Einheit gefragt haben, habe ich immer wieder <Ewald Schneider> gesagt. Irgendwann haben sie mich für <plemplem> erklärt und aufgegeben.*"

„*Du bist unglaublich*", sagte Georg, „*aber wie soll es jetzt hier weitergehen?*"

„*Mir wäre am liebsten, wir machen weiter wie bisher*", antwortete Franz, „*wir reden nur miteinander, wenn wir allein sind, und bitte nenne mich weiterhin <Ewald>, einverstanden?*"

„Natürlich bin ich einverstanden", antwortete Georg, „ich möchte dich keinesfalls in Schwierigkeiten bringen."

„Das ist sehr nett von dir", sagte Franz, „und ich bin sehr froh darüber, dass ich jetzt wieder mit jemand sprechen kann."

„Ich freue mich auch, Ewald, erwiderte Georg, „und irgendwann musst du mir mehr über dich erzählen."

*****

Als der Sommer zu Ende ging und die Ernte eingebracht war, wurde auf dem Hof ein Fest gefeiert.

Freunde kamen, Verwandte und auch der Lagerkommandant. Er hatte wieder Briefe für Georg dabei. Madame Meurisse hatte ihren Bruder dazu gebracht, dass Georg nicht nur den einen Brief schreiben durfte, wie ursprünglich vom Kommandanten gefordert.

„Pourquoi ton camarade ne veut pas écrire des lettres?",[16] fragte der Kommandant Georg, als er ihm die Briefe überreichte, und Georg antwortete mit einem Achselzucken und der Hoffnung, dass sich der Kommandant damit zufriedengeben würde:

---

[16] Warum schreibt dein Kamerad keine Briefe?

„Peut-être pour la même raison, laquelle il ne parle pas.“[17]

Und tatsächlich, der Kommandant zögerte kurz, schüttelte seinen Kopf und mit einem „d'accord“[18] war die Angelegenheit für ihn erledigt.

Madame Meurisse hatte darauf bestanden, dass Georg und Franz, vulgo Ewald dem Fest beiwohnen sollten. Der Patron hatte zwar Bedenken, dass die anderen Verwandten oder Freunde Anstoß daran nehmen könnten, aber das Argument, dass sogar ihr Bruder damit einverstanden wäre, vermochte ihn zu überzeugen.

Dann wurde gegessen, getrunken und gesungen. Als Georg einmal mehr Marie Claire beobachtete, wie sehr sie sich freuen konnte, wie sie lachte, fragte er sich, warum sie keinen Freund hatte.

Zu seiner Überraschung kam sie plötzlich auf ihn zu. Einer der Gäste spielte auf seinem Akkordeon, und andere schwangen bereits das Tanzbein.

„Ich glaube nicht, dass das so eine gute Idee ist“, zögerte Georg, als Marie Claire ihn zum Tanz aufforderte.

---

[17] Vielleicht aus demselben Grund, warum er nicht Spricht.
[18] In Ordnung.

„*Und warum nicht?*", fragte Marie Claire, die offensichtlich schon ein wenig die Wirkung des Alkohols spürte.

„*Wegen der anderen*", erwiderte Georg und sah hilfesuchend zu Madame Meurisse.

„*Was kümmern dich die anderen*", sagte Marie Claire, „*oder bin ich dir nicht hübsch genug?*"

Madame Meurisse hatte die beiden beobachtet. Sie stand auf und ging zu ihnen hin.

„*Qu'est-ce qu'il y a?*",[19] fragte sie, und Marie Claire antwortete:

„ *Cet homme ne veut pas danser avec moi.*"[20]

Madame Meurisse griff Georg an die Schulter, rüttelte kurz daran und sagte:

„*En avant, mon cher, danse avec Marie Claire, aujourd'hui, c'est un jour de joie.*"[21]

Dieser Aufforderung und dem Lächeln von Madame Meurisse, in Verbindung mit dem drohenden Blick von Marie Claire, hatte Georg nichts mehr entgegenzusetzen.

---

[19] Was ist los?

[20] Dieser Mann will nicht mit mir tanzen.

[21] Vorwärts, mein Lieber, tanze mit Marie Claire, heute ist ein Freudentag.

Und so stand er auf, ging mit Marie Claire zum Tanzplatz und tanzte mit ihr. Als der Akkordeonspieler „Plaisir d'Amour" anstimmte, schmiegte sich Marie Claire fest an Georg.

Georg erschrak, es verunsicherte ihn ein wenig. Seine Blicke gingen hin und her, und zu seinem großen Erstaunen, nahm keiner der Anwesenden Notiz von den beiden Tanzenden.

Als Georg kurz darauf bemerkte, dass Marie Claire Tränen in die Augen bekam, war seine Verunsicherung komplett.

„Möchtest du lieber aufhören?", fragte Georg, und anstatt darauf zu antworten, zog Marie Claire ihn mit sich fort und verließ mit ihm den Tanzboden. Sie führte ihn hinunter zu dem kleinen Bächlein, das unweit des Hofes vorbeifloss. Dort setzten sie sich nieder.

Marie Claire lehnte ihren Kopf an Georgs Schulter. Georg wusste nicht, wie er sich verhalten sollte. Also sagte er nichts und ließ es einfach geschehen. Nach einer geraumen Weile sagte Marie Claire:

„Heute ist es genau drei Jahre her, dass Philippe gestorben ist."

Georg hätte zu gern gefragt, um wen es sich bei dem Toten handle, unterließ es aber.

„Philippe war mein Verlobter", sprach Marie Claire weiter, „wir wollten heiraten. Aber der Krieg war damit nicht einverstanden."

„Das tut mir sehr leid, Marie Claire", sagte Georg, *„dieser unsägliche Krieg bringt nur Trauer und Schmerz über die Menschen."*

Nach einer kurzen Pause fügte Georg noch hinzu:

„Ich schäme mich, dass ich Deutscher bin."

„Wir können nichts dafür, wohin wir geboren worden sind", sagte Marie Claire zu Georgs Erstaunen, und er musste daran denken, wie frostig ihre erste Begegnung verlaufen war.

„Ich glaube nicht, dass Franzosen und Deutsche je wieder Freunde werden können", sagte Georg, *„die Gräben sind viel zu tief."*

„Wieso nicht?", fragte Marie Claire, *„wir zwei sind doch ein gutes Beispiel dafür, meinst du nicht?"*

„Wofür?", fragte Georg, *„dass wir Freunde sind?"*

„Mais oui, et peut-être même un peu plus."[22]

Mit diesen Worten gab Marie Claire Georg einen Kuss, stand auf und rannte davon.

*****

---

[22] Aber ja, und vielleicht sogar ein bisschen mehr.

Die Rübenernte war eingebracht und Weihnachten stand vor der Tür. Der Teil der Scheune, in welchem Georg und Franz hausten, hatte inzwischen ein Gesicht bekommen.

Der Lagerkommandant hatte für sie zwei Feldbetten aufgetrieben, und in die Wand, an welcher ihre Betten standen, hatten sie ein Loch gesägt, durch welches sie die Rohre ihres Kanonenofens geführt hatten, damit der Rauch abziehen konnte.

Der Patron hatte den Ofen als vorgezogenes Weihnachtsgeschenk aufgestellt. Seine Fürsorge ging sogar so weit, dass er vom Haus eine Leitung legen ließ, um Strom in die Scheune zu legen.

Georg und Franz saßen auf ihren Feldbetten und rauchten. Sie waren sich in den vergangenen Wochen sehr nahegekommen, und aus dem anfänglichen Misstrauen war inzwischen sogar Freundschaft geworden.

„Was machen deine Eltern beruflich?", fragte Georg.

„Früher, das heißt, bevor die Deutschen kamen, war der Vater ein einfacher Weinbauer. Unsere Rebflächen waren nicht übermäßig groß; aber es war genug, um davon leben zu können. Aber er war nie zufrieden..."

Franz war sehr ernst geworden, als er das sagte. Als er dann weitererzählte, verstand Georg auch, warum das so war.

"Dann ist das Hakenkreuz in unsere Gemeinde gekommen, und der Vater war über Nacht ein anderer. Er war einer der ersten, der in die Partei eintrat.

Es dauerte nicht lange, und er avancierte zum Bürgermeister. Jetzt war er endlich wer. Ich musste zur HJ[23] und Berta, meine ältere Schwester zum BDM[24], weil wir ja jetzt keine Österreicher mehr waren, sondern Deutsche."

"Dann sind dein Vater und der Patron ja Kollegen", scherzte Georg.

Franz lachte und fuhr fort:

"Zu den Panzern bin ich dann gegangen, um von zuhause wegzukommen. Aber sicher auch, um ein Abenteuer erleben zu können.

Die Mutter war damals kreuzunglücklich und der Vater mächtig stolz.

Das "Kriegsspielen" habe ich mit verklärtem Blick gesehen. Wenn wir mit unserem Panzer im Wahnsinnstempo losgebraust sind, dann war ich glücklich. Ich war unverwundbar und ich war frei.

Wie es dann wirklich war, das weißt du ja selber. Als ich die ersten Toten sah, begann ich zu realisieren, dass es kein Spiel war. Aber da war es schon zu spät..."

---

[23] Hitlerjugend
[24] Bund Deutscher Mädel

Franz hatte Tränen in die Augen bekommen. Georg reichte ihm die Rotweinflasche mit den Worten:

„Da, trink! Wir leben noch, und das noch nicht einmal schlecht. Und irgendwann werden wir wieder nach Hause kommen. Du wirst schon sehen."

Franz nahm einen kräftigen Schluck, wischte seine Tränen ab und erwiderte:

„Du hast recht, Georg. Wir leben noch, und das ist die Hauptsache. Trinken wir auf das Leben!"

Franz nahm einen weiteren Schluck aus der Flasche, reichte sie dann an Georg zurück und fragte:

„Wie ist das bei dir zuhause?"

Georg erzählte dem Freund seine Geschichte, und als er am Ende war, sagte Franz erstaunt:

„Dann bist du ja ein richtiger Baron."

„Das bin ich schon seit 1919 nicht mehr", erwiderte Georg, *„ich bin der Sanitäter Georg Rommelshausen. Und der gefällt mir viel besser als der Baron."*

Es folgte Schweigen, das nur durch das kräftige Wummern des Kanonenofens durchdrungen wurde.

Als die Flasche Wein geleert und die letzte Zigarette verglüht war, legten sich die Freunde nieder. Sie würden wohl beide in dieser Nacht von der Heimat träumen, und von der Hoffnung sie eines Tages wiederzusehen.

Georg und Marie Claire sahen sich regelmäßig, und die Eltern von Marie Claire betrachteten das mit Wohlwollen.

Es gab keine „Boches" mehr, und damit war auch der Hass verschwunden.

„Was wirst du machen, wenn ihr wieder nach Hause dürft?", fragte Marie Claire, als sie wieder einmal nebeneinanderlagen, nachdem sie sich geliebt hatten.

„Darüber habe ich mir noch keine Gedanken gemacht", antwortete Georg.

„Gibt es zuhause jemand, der auf dich wartet?", fragte Marie Claire, und Georg antwortete mit fester Stimme *„JA"*.

„Ist sie hübsch?", fragte Marie Claire.

„Mir gefällt sie", antwortete Georg grinsend.

„Und wirst du sie heiraten?", kam die nächste, nahe liegende Frage von Marie Claire.

„Das geht nicht", antwortete Georg, *„sie ist schon verheiratet."*

„*Wieso hast du ein Verhältnis mit einer verheirate-ten Frau?*", bohrte Marie Claire weiter.

„*Weil ich es nicht sein lassen kann*", antwortete Georg, „*sie ist doch meine Mutter.*"

„*Du Scheusal*", rief Marie Claire und trommelte mit ihren Fäusten heftig auf Georgs Brust. „*Tu es méchant.*"[25]

„*Küss mich lieber*", sagte Georg, während er die Hände von Marie Claire festhielt. „*Ich liebe dich!*"

„*Je t'aime aussi*",[26] sagte Marie Claire und gab Georg einen langen, innigen Kuss.

„*Erzähle mir von deiner Familie*", sagte Marie Claire.

Georg war überrascht, es war das erste Mal, dass sie danach fragte.

„*Mein Vater ist ein Militarist, so wie alle von Rommelshausen, und meine Mutter ist eine wunderba-re Frau, die mein Vater gar nicht verdient hat.*"

„*Das klingt verbittert*", sagte Marie Claire, „*ver-stehst du dich nicht mit deinem Papa?*"

---

[25] Du bist gemein.
[26] Ich liebe dich auch.

„*Mit dem kann man sich nicht verstehen*", antwortete Georg, „*er steht noch über dem Papst. Er glaubt wohl, er ist Gott.*"

„*Hast du Geschwister?*", fragte Marie Claire weiter, und Georg antwortete:

„*Eine ältere Schwester, Annabella.*"

„*Ein schöner Name*", sagte Marie Claire, "*bei uns gibt es eine Schauspielerin, die so heißt. Eigentlich heißt sie ja Suzanne Georgette Charpentier. Sie ist am 14. Juli geboren, das ist auch unser Nationalfeiertag.*

Sie hat viele Filme gedreht, sogar in Hollywood. Vielleicht kennst du ja den Monumentalfilm <Suez> mit Loretta Young und Tyrone Power."

Georg zuckte ahnungslos mit den Schultern. Er war nicht gerade jemand, den man als „Cineasten" hätte bezeichnen können.

„*Gehst du nie ins Kino?*", fragte Marie Claire, die im Gegensatz zu Georg eine begeisterte Kinogeherin war. Vor dem Krieg kam einmal in der Woche ein Mann mit einem Film ins Dorf, der dann im Gemeindesaal vorgeführt wurde.

„*Ich gehe lieber ins Theater*", antwortete Georg.

„*Erzähle mir von deiner Schwester*", kam Marie Claire wieder auf ihre ursprüngliche Frage zurück.

„*Annabella ist eine tolle Frau*", antwortete Georg, „*mit ihr konnte man Pferde stehlen. Mit ihr bin ich auf die höchsten Bäume geklettert.*"

„*Warum sprichst du in der Vergangenheit von ihr?*", fragte Marie Claire.

Es dauerte eine Weile, bevor Georg antwortete. Als er das tat, hatte er Tränen in den Augen.

„*Annabella war Luftwaffenhelferin. Sie gehörte zum Bedienungspersonal eines Flakscheinwerfers. Bei einem der vielen Luftangriffe ist sie getötet worden.*"

„*Das ist ja schrecklich*", sagte Marie Claire, „*woher weißt du das?*"

„*Meine Mutter hat es mir geschrieben*", antwortete Georg…

*****

Brief der Mutter an den Sohn

„*Mein geliebter Sohn!*

Ich bin unsagbar glücklich darüber, dass ich nach so endlos langer Zeit ein Lebenszeichen von Dir erhalten habe.

56

Die Ungewissheit über Dein Wohlbefinden hat mir schier das Herz erdrückt. Umso dankbarer bin ich unserem Herrgott, dass er meine Gebete erhört und dich mir bewahrt hat.

Ich muss Dir leider eine betrübliche Mitteilung machen. Deine liebe Schwester Annabella, meine herzensgute Tochter, wurde in die Ewigkeit abberufen. Sie hat ihr Leben lassen müssen für einen wahnsinnigen Krieg, der so großes Unheil und unendliches Leid über die Menschheit gebracht hat.

Wir haben sie im kleinen Kreis und in aller Stille in unserer Familiengruft beigesetzt. Möge sie in Frieden ruhen.

Dein Vater ist seither ein gebrochener Mann. Wie Du ja weißt, hat er unsere Annabella abgöttisch geliebt. Er war so stolz, dass sie dem Vaterland gedient hat; aber ihren Tod hat er nicht verwunden.

Er sitzt nur noch apathisch vor dem Fenster und starrt hinaus in den Park. Mahlzeiten nimmt er nur noch spärlich zu sich. Ich fürchte, wir können ihn schon bald Annabella zur Seite legen.

Doch nun zu Dir, mein Liebling. Wie geht es Dir? Hast Du genug zu essen und anzuziehen? Sind die Menschen dort gut zu Dir? Und weißt Du, ob Du bald nach Hause darfst?

Du bist der einzige Grund, der mir geblieben ist, um dem Leben nicht den Rücken zu kehren. Bitte, schreibe mir baldmöglichst wieder.

In großer Liebe und Verbundenheit,

Deine Mama

*****

„*Wie gefällt dir das?*", fragte Franz und hielt Georg eine Schnitzerei entgegen.

Franz hatte aus einem Stück Holz zwei sich umfassende Hände geschnitzt und sie auf einen Sockel montiert.

„*Das ist großartig*", sagte Georg, „*woher kannst du das?*"

„*Der Großvater hat mir das beigebracht. Er hat aus einer Rebenwurzel die tollsten Figuren geschnitzt*", antwortete Franz und fragte:

„*Kannst du mir auf einen Zettel die französische Bezeichnung für <Frieden> schreiben? Ich möchte es auf den Sockel eingravieren.*"

„*Ich habe eine bessere Idee*", antwortete Georg. „*Schreibe lieber <Liberté, Égalité, Fraternité>, das ist der Wahlspruch der Franzosen und stammt aus der Zeit der Französischen Revolution.*"

„*Und was bedeutet das?*", fragte Franz.

„*Freiheit, Gleichheit, Brüderlichkeit*", antwortete Georg.

„*Das gefällt mir*", antwortete Franz, „*das nehme ich.*"

„*Ich finde das toll, dass du der Familie unseres Patrons dieses Geschenk machen willst*", sagte Georg.

Die Bezeichnung „Patron" für Monsieur Meurisse war im Laufe der Zeit zu einer Selbstverständlichkeit geworden, und sie ging Georg, gleichwohl wie auch Franz, ganz leicht über die Lippen.

Das Verhältnis vom Patron zu den Arbeitskräften aus dem Gefangenlager war schon längst ein familiäres geworden.

Selbst die Bewohner des Dorfes – von ein paar wenigen Ausnahme einmal abgesehen – sahen in Georg und Franz nicht mehr die „bösen Deutschen", sondern nur zwei Menschen, die ihre Arbeitskraft willig, ja sogar freudig zur Verfügung stellten.

„*Was wirst du dem Patron schenken?*", fragte Franz, und Georg antwortete wahrheitsgemäß:

„*Ich weiß es nicht.*"

*****

Es war wenige Tage vor Heiligabend, als Marie Claire Georg mit einer Überraschung aufwartete. Es hatte schon tagelang geschneit, und die Vorfreude auf das zweite Weihnachtsfest nach Kriegsende war überall spürbar.

Marie Claire war mit Georg und Franz in den Stall gegangen, wo „Fernandel", ein recht stattliches Ross, untergebracht war. Seinen Namen verdankte es einem französischen Schauspieler, der über ein beachtliches Gebiss verfügte.

„Wir machen heute einen Ausflug mit der ganzen Familie", sagte Marie Claire und klopfte dabei Fernandel liebevoll am Hals.

„Ich glaube nicht, dass wir alle auf dem Pferd Platz haben", sagte Georg lachend, und Marie Claire sagte:

„Tu es un bêcheur."[27]

„Dann sage mir doch bitte, wie das gehen soll", erwiderte Georg.

„Komm mit", sagte Marie Claire zu Georg, und als Franz einfach stehen blieb, fügte sie hinzu:

„Du natürlich auch, Poisson."

Franz empfand diese Bezeichnung für ihn keineswegs beleidigend, zumal Georg ihm die Bedeutung

---

[27] Du bist ein Klugscheißer.

erklärt hatte, und auch, dass <Ewald> den Franzosen nicht so leicht über die Lippen zu gehen schien.

Marie Claire ging mit den beiden Männern in die Scheune. Georg fragte sich, was sie ihnen dort wohl zeigen wolle, bekam aber schon bald die Antwort darauf.

Marie Claire ging mit Georg und Franz bis ganz nach hinten in der Scheune, wo nur altes Gerümpel verstaut war.

Vor einer Maschine, welche mit einer großen Plane verdeckt war, blieb sie stehen. Sie deutete darauf, und in einem scherzhaft militärischen Ton sagte sie:

„Deckt das ab, Männer!"

Georg und Franz kamen ihrer Aufforderung nach, und was sie dann sahen, überraschte sie. Unter der Plane war ein großer Schlitten versteckt.

Mit ihm war Marie Claire - gezogen von zwei Pferden - mit ihren Eltern und ihren Brüdern im Winter oft durch den Schnee gefahren.

Als der Krieg begann, wurden die Pferde vom Militär requiriert. Jetzt, da der Krieg vorbei war, hatte sich der Patron wieder eines zugelegt.

„Saubermachen und einspannen", sagte Marie Claire, *„dann beginnt die wilde Fahrt durch den winterlichen Wald. Und du darfst uns kutschieren."*

Georg sah Marie Claire verwundert an und erwiderte:

„Ich kann nicht kutschieren."

„Was?", sagte Marie Claire in gespielter Manier, *„du kannst nicht kutschieren? Quelle déception."*[28]

„Ich kann kutschieren", kam blitzartig der Einwurf von Franz, der in diesem Augenblick völlig vergessen hatte, dass er nicht sprechen kann.

„Mon dieu, il peut parler"[29], kam es überrascht aus dem Mund von Marie Claire.

Franz zuckte zusammen. Was hatte er getan? Jetzt würde alles herauskommen.

„Wir können dir das erklären, chérie", sagte Georg und zu Franz gewandt:

„Es ist vielleicht besser so."

Noch am selben Abend saßen Georg, Franz, Marie Claire und ihre Eltern zusammen.

„Le Poisson, il peut parler"[30], begann Georg die Geschichte zu erzählen von Franz Nigl, Funker in einem Panzer der 12. SS-Panzer-Division Hitlerjugend.

---

[28] Was für eine Enttäuschung.
[29] Mein Gott, er kann sprechen.
[30] Der Fisch kann sprechen.

Franz wäre dazu überhaupt nicht imstande gewesen, zumal ihm ohne Unterlass die Tränen über das Gesicht rannen.

Madame Meurisse hatte sich neben ihn gesetzt, tätschelte ihm ohne Unterbrechung die Hand und sagte:

„Mon petit, qu'est-ce qu'ils ont fait avec toi?"[31]

Und nach einer kurzen Pause:

„Tout va bien."[32]

Franz schaute Madame Meurisse an, und dann umarmte er sie und stammelte immer wieder:

„Es tut mir so leid, es tut mir so leid."

Der Patron, der die ganze Zeit über nur zugehört und geschwiegen hatte, musste in diesem Augenblick an seinen gefallenen Sohn Pierre denken.

Er bekam Tränen in die Augen. Ohnmächtige Wut stieg in ihm auf, die jedoch nicht dem armen Franz galt, sondern dem unsinnigen Krieg, der so vielen jungen Männern den Tod gebracht hatte.

„Viens poisson, viens à moi!"[33], sagte er plötzlich und winkte Franz zu sich.

---

[31] Mein Junge, was haben die nur mit dir gemacht?
[32] Alles wird gut.
[33] Komm her Fisch, komm zu mir!

Franz zögerte. Er blickte erst zu Georg, dann zu Madame Meurisse. Georg nickte ihm aufmunternd zu, und Madame Meurisse gab ihm einen kleinen Schubs.

„Va; va chez le Patron!"[34]

Und dann geschah etwas Magisches. Der Patron nahm Franz in den Arm, und dann weinten sie beide. Es war, als fände in diesem Augenblick das Fest der Liebe und der Versöhnung statt. Es war, als wehte der Hauch von Heiligabend durch den Raum.

*****

„Warum fahren nur wir beide mit dem Schlitten?", fragte Georg, und Marie Claire antwortete:

„Weil Mama das so wollte."

Es war am späten Nachmittag vor Weihnachten, als Franz auf dem Kutschbock saß, die Peitsche knallen ließ, und Fernandel schnaubend den Schlitten zog.

„Und warum ist dein Vater nicht mitgekommen?", fragte Georg weiter, und wieder antwortete Marie Claire:

„Weil Mama das so wollte."

---

[34] Geh; geh zum Patron!

64

„*Das verstehe ich nicht*", sagte Georg, „*es wäre doch genug Platz für alle gewesen.*"

„*Duper*", erwiderte Marie Claire.

„*Warum nennst du mich einen <Dummkopf>*", fragte Georg.

„*Weil du gar nichts verstehst*", antwortete Marie Claire.

Jetzt verstand Georg wirklich nichts mehr.

Franz bekam von alledem nichts mit. Er saß auf seinem Bock, ließ sich den Fahrtwind um die Nase wehen und war einfach nur glücklich.

„*Ich fürchte, ich muss dir auf den Sprung helfen*", sagte Marie Claire, und Georg erwiderte: „*Sprünge*".

„*Was meinst du?*", fragte Marie Claire verwirrt.

„*Es heißt <Sprünge> und nicht <Sprung>*", antwortete Georg lachend.

„*Tu es terrible, tu es un pédant*"[35], erwiderte Marie Claire. Es war das erste Mal, dass sie sich versprochen hatte.

„*Jetzt sag mir schon, womit du mir auf den Sprung helfen musst*", sagte Georg scherzend.

---

[35] Du bist schrecklich, du bist ein Pedant.

„*Liebst du mich, chéri?*", fragte Marie Claire und schaute Georg fragend an.

„*Von ganzem Herzen und mehr, als ich sagen kann*", antwortete Georg.

„*Dann mach mir jetzt einen Heiratsantrag!*"

Georg verfiel in eine Art Schockstarre. Er brauchte eine Weile, bevor er auf diese mehr als ungewöhnliche Aufforderung von Marie Claire reagieren konnte.

„*Ist das in Frankreich so üblich, dass die Frau den Heiratsantrag macht und nicht der Mann?*", fragte er ganz vorsichtig.

„*Mais non, duper*", antwortete Marie Claire und verwendete zum wiederholten Mal dieses sicher liebgemeinte Schimpfwort, „*aber, wenn ich warte, bis du das machst, bin ich eine alte Jungfer.*"

Jetzt mussten beide herzlich lachen.

„*Es war die Idee von Mama*", setzte Marie Claire nach, „*und Papa war von der Idee begeistert.*"

Georg musste erste einmal seine Gedanken ordnen. Als er nach einer gefühlten Ewigkeit noch immer nicht darauf reagierte, sagte Marie Claire:

„*Was ist nun? Willst du oder willst du nicht?*"

„*Natürlich will ich*", antworte Georg jetzt endlich, „*und wie ich will.*"

„Dann musst du nur noch Papa fragen, ob er mich auch hergibt", sagte Marie Claire mit einem schelmischen Lächeln, welches Georg erneut durcheinanderbrachte.

„Ich dachte, deine Eltern wären einverstanden", sagte er, *„warum muss ich sie jetzt auch noch um Erlaubnis bitten?"*

„Weil sich das bei uns so gehört", antwortete Marie Claire, *„und jetzt sei still und küss mich."*

Und während Georg dieser Aufforderung mit Freuden nachkam, schwang Franz weiterhin seine Peitsche und hieß Fernandel lustig weiterzutraben.

*****

Brief von Georg an die Mutter

„Liebe Mutter!

Es ist wenige Tage vor Weihnachten, und ich kann Dir eine wunderbare Mitteilung machen. Ich werde mich an Weihnachten mit der Tochter des Patrons verloben.

Sie heißt Marie Claire und sie ist eine wunderbare Frau. Wenn Du sie kennenlernen wirst, wirst Du sie sofort lieben, dessen bin ich mir gewiss.

Es ist schade, dass Du und Papa nicht dabei sein könnt; aber vielleicht lässt sich etwas arrangieren, wenn wir voraussichtlich im Mai des kommenden Jahres heiraten werden.

Ich lege eine Fotographie von Marie Claire bei, damit Ihr Euch schon einmal ein Bild von ihr machen könnt.

Mein Brief wird Euch wohl erst nach den Feiertagen erreichen; aber ich möchte Euch dennoch von Herzen ein frohes und gesegnetes Weihnachtsfest wünschen.

Liebe Grüße, auch von Marie Claire und der ganzen Familie.

Herzlichst Dein Sohn Georg

*****

Es war die erste Weihnacht nach Kriegsende für Georg und Franz und die zweite seit ihrer Gefangennahme. Reges Treiben auf dem Hof kündete ein frohes Fest an.

Ganz im Gegensatz zu Deutschland liegt der Schwerpunkt des Weihnachtsfestes in Frankreich auf dem guten Essen. Man spricht auch vom „Réveillon", was so viel wie „Weihnachtsschmaus" bedeutet.

Im Schein der Kerzen des „Sapin de Noël"[36] wird aufgetischt, dass sich die Tische biegen.

Vor dem Essen wird in die „Messe de Minuit"[37] gegangen, was bei der Familie Meurisse jedoch nicht infrage kam.

„Gott hat mir zwei Söhne gestohlen. Dem einen hat er das Leben genommen, und dem anderen seinen Verstand. Es gibt keinen Gott mehr für mich."

Das war der unwiderrufliche Standpunkt von Monsieur Clément Meurisse zum Thema „Mitternachtsmesse an Heiligabend", den Marie Claire Georg mitteilte, als dieser danach gefragt hatte.

„Und was sagt deine Mutter dazu?", fragte Georg.

„Mama hat einmal und nie wieder versucht Papa umzustimmen. Ich habe meinen Papa zuvor und danach nie wieder so wütend gesehen", antwortete Marie Claire, *„es war schrecklich".*

Georg konnte den Standpunkt des Patrons und künftigen Schwiegervaters sehr gut nachvollziehen. Er

---

[36] Weihnachtsbaum
[37] Mitternachtsmette

hatte sich an der Front mehr als einmal gefragt, ob es einen Herrgott gibt.

Erst die Zeit auf dem Hof, in Verbindung mit dem Gesinnungswandel der Familie Meurisse ihm und Franz gegenüber, hat Georg Gott wieder ein Stück nähergebracht.

Das von Marie Claire zuvor angekündigte Anhalten um ihre Hand bei ihrem Vater hatte Georg „unbeschadet" hinter sich gebracht.

Ein wenig mulmig war ihm schon zuvor. Eingedenk dessen, dass er einem Volk angehörte, welches gegen das Land, das ihn so liebevoll aufgenommen hat, die Waffen erhoben hatte, war das keine Selbstverständlichkeit.

Der Weihnachtsbaum war von Madame Meurisse und Marie Claire hergerichtet worden. Die Männer hatten absolutes Verbot währenddessen die Stube zu betreten.

Aber jetzt war es soweit. Ein Glöcklein erklang und der Patron, Henri, Georg und Franz durften die Stube betreten.

Während Franz sein Geschenk, eingewickelt in ein grobes Papier, unter dem Arm trug, besaß Georg nichts dergleichen.

Franz hatte ihn schon einige Male danach gefragt, was er denn der Familie schenken wolle; aber Georg hatte ihm keine Antwort darauf gegeben.

Georg und Franz hatten sich fein gemacht. Madame Meurisse hatten den beiden je ein Hemd und eine Krawatte von ihrem verstorbenen Sohn Pierre gegeben.

Während Georg von einem leichten Unwohlsein befallen wurde sich das Hemd eines Toten anzuziehen, hatte Franz keinerlei Probleme damit.

Die Familie hatte sich etwas Besonderes ausgedacht. Sie hatten die zwei Lieder „Mon beau sapin"[38] und „Douce nuit, sainte nuit"[39] ausgewählt, damit Georg und Franz mitsingen konnten.

Es war ein ganz besonderer Augenblick, als sechs Menschen andächtig unter dem Weihnachtsbaum zusammenstanden, und in einem deutsch-französischem Sprachgemisch Weihnachtslieder sangen.

Franz musste ab und zu unterbrechen. Sein Gemütszustand drückte ihm immer wieder die Tränen in die Augen.

Madame Meurisse legte ihren Arm um Franz und sang kräftig für ihn mit.

Danach ging es an das Verteilen der Geschenke. Marie Claire und ihre Mutter hatten für Georg und Franz Pullover gestrickt.

---

[38] O' Tannenbaum
[39] Stille Nacht, heilige Nacht

Als Franz dem Patron mit einer tiefen Verbeugung sein Geschenk überreichte, packte dieser es eilig aus.

Und dann hielt Clément Meurisse sein Geschenk in die Höhe mit den Worten:

„C'est le plus beau cadeau, que j'ai jamais re-çu."[40]

Er umarmte Franz und küsste ihn auf französische Art, und Madame Meurisse und Tochter Marie Claire taten es ihm gleich.

Jetzt war es an Georg sein Geschenk zu präsentieren. Er hatte schon Wochen vorher ein Gedicht gelernt, das er besonders mochte. Es stammte von Joseph von Eichendorff, hieß „Weihnachten", und Georg konnte es nun auswendig rezitieren.

Weihnachten

Markt und Straßen stehn verlassen,
still erleuchtet jedes Haus;
sinnend' geh ich durch die Gassen,
alles sieht so festlich aus.

An den Fenstern haben Frauen
buntes Spielzeug fromm geschmückt;
tausend Kindlein stehn und schauen,
sind so wunderstill beglückt.

---

[40] Das ist das schönste Geschenk, das ich je bekommen habe.

Und ich wandre aus den Mauern
bis hinaus ins freie Feld;
hehres Glänzen, heil'ges Schauern!
Wie so weit und still die Welt!

Sterne hoch die Kreise schlingen.
Aus des Schnees Einsamkeit
steigt's wie wunderbares Singen -
O du gnadenreiche Zeit!

Georg hatte sich jedoch etwas ganz Besonderes ausgedacht. Er hatte mit größter Mühe versucht den Text dieses wunderbaren Gedichts ins Französische zu übersetzen.

Nun stand er da, in hohem Maße nervös und aufgeregt und hoffte, er würde sich noch an die vielen Worte erinnern.

Noël

Quitté, le marché et les rues,
chaque maison est éclairée;
je me promène pensivement dans les ruelles,
tout a l'air si festif.

Aux fenêtres, des femmes ont décoré
des jouets colorés ;
mille petits enfants se tiennent
et regardent, sont juste heureux.

Et je sors des murs
dans le champ ouvert;
éclat glorieux, saint frisson,
jusqu'où le monde est-il tranquill ?

Les étoiles tressent de hauts cercles.
De la solitude de la neige
Les chants merveilleux chante -
O temps plein de grâce riche.

Als Georg zu Ende rezitiert hatte, herrschte zunächst ergriffene Stille. Die ganze Familie Meurisse hatte feuchte Augen, und Henri, der traumatisierte Sohn, unterbrach für einen kurzen Augenblick seine Tätigkeit.

Er saß in seiner Ecke und spielte, wie er das fast den ganzen Tag über machte. Aber jetzt gerade schien es, er wäre von der Stimmung erfasst worden und würde sich ihr hingeben.

Madame Meurisse hatte es bemerkt. Sie hatte das Leuchten in den Augen ihres Sohnes gesehen, welches der sonst üblichen Glanzlosigkeit gewichen war.

Sie ging hin zu ihm, küsste ihn auf die Stirn und sagte:

„Joyeux noël, mon cher fils!"[41]

---

[41] Frohe Weihnachten, mein lieber Sohn!

Danach ging sie zu den anderen und machte das Gleiche. Der Patron umarmte und küsste ebenfalls alle Anwesenden und Marie Claire, welche es ihm nachmachte, sagte zu Georg:

„Das war eine unbeschreiblich schöne Geste und ein wunderbares Gedicht, chérie. Ich hätte gern die deutsche Originalfassung."

„Et voila", sagte Georg, indem er Marie Claire einen Zettel überreichte, *„das habe ich mir fast gedacht."*

„Mais maintenant laissez-nous manger"[42], sagte der Patron und bat alle an den festlich geschmückten Tisch.

Dann wurden köstliche Speisen aufgetragen:

Ein mit Maronen gefüllter Truthahn, Gänseleber, Austern, frisch aus dem Meer, Käse, Brot, Butter, kurzum alles, was zu einem richtigen „Weihnachtsschmaus" dazugehört. Und natürlich der Bûche de Noël, der Weihnachtsbaumstamm, ein traditionelles Gebäck aus Biskuitteig und Schokoladen-Buttercreme.

Und getrunken wurde, naturellement, Champagner. Später folgten noch diverse Süßspeisen, und als Georg und Franz sich auf ihr Lager legten, war es schon lang nach Mitternacht.

---

[42] Aber jetzt lasst uns essen

Am nächsten Tag kamen ein paar Verwandte zu Besuch, und unter ihnen auch der Bruder von Madame Meurisse, der Lagerkommandant.

Als alle um den Tisch versammelt waren, stand der Patron auf und sagte:

„Chers amis, je voudrais annoncer les fiançailles de ma fille Marie Claire avec Georg. "[43]

Georg hatte sich ein wenig vor diesem Augenblick gefürchtet. Er schaute hoffnungsvoll in die Gesichter der Anwesenden.

Plötzlich erklang heftiger Applaus vom Lagerkommandanten, dem sich der Rest der Anwesenden anschloss.

Es schien, als wollten die anderen erst einmal abwarten, wie der Herr Lagerkommandant darauf reagieren würde. Aber es war dennoch eine Zustimmung aller Anwesenden, die aus dem Herzen kam.

Und dann ergriff der Lagerkommandant das Wort. Er winkte zuvor Franz zu sich, welche der Aufforderung mit zitternden Knien nachkam.

Er hatte die schlimme Befürchtung, dass seine wahre Identität ans Licht gekommen wäre, und er jetzt zurück ins Lager müsste.

---

[43] Liebe Freunde, ich möchte die Verlobung meiner Tochter Marie Claire mit Georg bekannt geben.

Was er jedoch nicht wissen konnte, und was keiner der Anwesenden wusste, war, dass Madam Meurisse, die ältere Schwester des Kommandanten diesen in einem ausgiebigen Gespräch in die Mangel genommen hatte.

Sie hatte ihm die Geschichte eines jungen Mannes erzählt, welcher den „Rattenfänger-Methoden" des Deutschen Reichs erlegen war, und sich freiwillig gemeldet hatte.

Sie hatte nicht vergessen zu erwähnen, wie groß die Hilfe der beiden „Schutzbefohlenen" war, die zu keiner Zeit Probleme machten und willig ihrer Arbeit nachgingen.

Und sie hatte auch nicht vergessen von der Heldentat zu berichten, mit welcher ebendieser junge, fleißige Mann das Lieblingsspielzeug ihres Gatten und zugleich Schwager des Kommandanten, den Traktor wiederbelebt hatte.

Danach bat Madame ihren Bruder, respektive befahl ihm quasi, die leidige Sache irgendwie zu regeln, damit der Franz keinen Schaden nähme.

Und genau das hatte der Kommandant getan. Er hatte das falsche Soldbuch von Franz ganz einfach vernichtet und ihm Ersatzpapiere ausgestellt auf seinen richtigen Namen.

In seinen Unterlagen hatte der Kommandant vermerkt, dass die Originalpapiere bei einem Brand in seinem Büro vernichtet worden wären.

Als Franz Nigl die in Geschenkpapier gewickelte Ausweispapier ausgepackt hatte, wurde er von einem heftigen Weinkrampf erfasst.

Er umarmte den Kommandanten und sagte immer wieder:

„Merci, merci, Monsieur, merci!"

Dieser Gefühlsausbruch und der Blick in die dankbaren Augen von Franz überzeugten den Kommandanten endgültig, dass er das Richtige getan hatte.

Madame Meurisse ging zu ihrem Bruder, küsste ihn und sagte:

„Je n'oublierai jamais ça!"[44]

*****

Brief der Mutter an den Sohn

„Mein lieber Sohn!

„Ich habe Deine Zeilen mit dem größten Erstaunen gelesen, und ich kann noch immer nicht glauben, was Du getan hast.

---

[44] Ich werde das niemals vergessen

Hast Du vergessen, dass unsere Stadtwohnung im 6. Bezirk von Franzosen verwaltet wird, und hast Du vergessen, dass es Flugzeuge der Alliierten waren, die unsere geliebte Tochter ermordet haben? Vielleicht waren das ja auch die Franzosen.

Deinem Vater habe ich von Deinem unsäglichen Handeln erst gar nichts gesagt; er hätte das sicher nicht verkraftet.

Hast Du vergessen, woher Du stammst? Es ist ein Skandal, wie Du unsere Tradition mit Füßen trittst.

Was Deine geplante Hochzeit mit dieser Frau angeht, so brauchst Du mit unserer Teilnahme auf gar keinen Fall rechnen.

Ich hoffe und bete, dass dein Verstand, welchen Du zweifelsohne verloren hast, wieder zu Dir zurückkehren möge,

Deine zu Tode betrübte, deutsche Mutter.

*****

Die Zeit zwischen Weihnachten und Silvester verging wie im Fluge. Der Schlitten wurde fast täglich eingespannt, weil das schöne Wetter förmlich dazu herausforderte.

Einmal fuhren sogar alle mit. Der Patron und Madame Meurisse saßen mit dem Rücken zum Kutschbock und Henri in ihrer Mitte. Ihnen gegenüber saßen Georg und Marie Claire, und auf dem Bock saß wie immer Franz, der auf gekonnte Weise Fernandel und den Schlitten lenkte.

Madame Meurisse hielt sich einen dicken Schal vor den Mund, damit keine kalte Luft in die Lunge eintreten konnte. Es bedurfte einiger Überredungskunst, damit sie mitgefahren ist. Sie sträubte sich anfänglich, aber als der Docteur sein Einverständnis gab, willigte sie schließlich ein.

Man konnte deutlich sehen, wie sehr sie die Fahrt genoss. Madame Meurisse war einfach nur glücklich darüber, dass Marie Claire einen so lieben Mann gefunden hatte, und auch, dass Henri scheinbar langsam wieder ins Leben zurückfand.

Als Georg und Franz am Abend mit Tabak und Wein den Tag ausklingen ließen, sagte Georg plötzlich:

„Du hast mir nie gesagt, wann du Geburtstag hast."

„Ich bin im Mai 1927 geboren", antwortete Franz, *„jetzt kannst du es selber ausrechnen."*

Georg sah verwundert in das grinsende Gesicht von Franz und sagte nach kurzem Überlegen:

„Aber dann warst du ja noch nicht einmal 17 Jahre alt, als du dich freiwillig gemeldet hast."

„Das stimmt", antwortete Franz, *„ich hab halt ein wenig geschwindelt bei der Altersangabe."*

„Dann wirst du im Mai nächstes Jahr 19 Jahre alt?", sagte Georg fragend, und Franz erwiderte, immer noch mit demselben Grinsen im Gesicht:

„Wird wohl stimmen, wenn du dich nicht verrechnet hast."

„Wahnsinn; du warst da ja fast noch ein Kind", sagte Georg und sah Franz dabei mitleidsvoll an.

Franz hatte inzwischen aufgehört zu grinsen. Erinnerungen hatten in diesem Moment Besitz von ihm ergriffen. Er sah blutende und schreiende Männer vor seinen Augen, und es wurde ihm schwindelig. #Georg hatte es bemerkt. Er klopfte Franz auf die Schulter und sagte:

„Gott sei Dank, ist das alles vorbei. Lass uns trinken und fröhlich sein, mein lieber Franz. Und nächstes Jahr im Mai, da feiern wir meine Hochzeit und deinen Geburtstag. Und alles am selben Tag."

„Das machen wir Georg", erwiderte Franz, der sein Lächeln wiedergefunden hatte und stieß mit Georg darauf an.

*****

Brief vom Sohn an die Mutter

„Liebe Mutter!

Ich habe sehr lange hin- und herüberlegt, ob ich auf Deinen letzten Brief antworten soll.

Der Verstand, den Du bei mir als verloren bezeichnest, hat mir geraten es nicht zu tun; denn Deine Meinung zur bevorstehenden Hochzeit mit meiner wunderbaren Marie Claire ist nicht nur tief verletzend, sondern auch über alle Maße arrogant und hochnäsig.

Ich mache es dennoch, weil ich Dir und Vater mitteilen möchte, dass ich mich hiermit nicht mehr der Familie von Rommelshausen zugehörig fühle.

Die Eltern meiner Braut sind Eltern, wie man sich keine lieberen und besseren Eltern vorstellen kann. Es sind zwei herzensgute Menschen, die mir mit unendlich viel Liebe und Verständnis begegnen; Eigenschaften, welche in Euren Genen nur äußerst spärlich vorhanden sind.

Ich breche mit Euch in dem Wissen, dass ich mich dadurch von meinem Erbe ausschließen werde, und es macht mir nicht das Geringste aus.

Nehmt zur Kenntnis, dass ich nicht mehr nach Österreich zurückkehren werde. Und bitte schreibt nicht mehr; denn ich würde die Annahme verweigern.

Ich finde es auch mehr als befremdlich, dass du dich als <deutsche Mutter> bezeichnest. Das sagt wohl alles über deine Gesinnung aus.

In tiefstem Bedauern über Eure Einstellung,

Georg

PS: Vielleicht denkt Ihr einmal darüber nach, wer diesen schrecklichen Krieg begonnen hat. Die Franzosen waren es ganz sicher nicht ...

*****

Als Georg diesen Brief schrieb, hatte er Tränen in den Augen. Den Brief seiner Mutter hatte er, nachdem er ihn mehrmals gelesen hatte, sofort verbrannt.

Georgs Enttäuschung war grenzenlos. Er hätte eine solche Haltung von seiner Mutter niemals erwartet; indes von seinem Vater schon.

Als er später mit Marie Claire zusammensaß, fragte sie ihn:

„Du bist so schweigsam, mon amour, bedrückt dich etwas?"

Georg schaute Marie Claire in die Augen, und eine ungeheure Wut stieg in ihm auf.

„Wie kann man diese wunderbare Frau nicht lie-ben?", dachte er bei dem Gedanken an den Brief seiner Mutter, *„sie ist das liebste Wesen auf der Welt."*

„Du machst mir Angst, chéri", sagte Marie Claire, *„dis moi ce qui se passe."*[45]

„Nichts, mein Engel", antwortete Georg, *„ich habe nur schreckliche Kopfschmerzen."*

Er hätte um nichts in der Welt Marie Claire von dem Brief seiner Mutter erzählt.

„Das tut mir leid, chéri", sagte Marie Claire und stand auf. *„Ich hole dir schnell eine Tablette; ich bin gleich wieder da."*

Als sie zurückkam, reichte sie Georg die Tablette und ein Glas Wasser. Dann gab sie Georg einen Kuss auf die Stirn und sagte:

„Du wirst sehen, das hilft."

Georg lächelte. Er schluckte die Tablette hinunter und deutete danach zuerst auf das leere Glas und dann auf die Stirn.

„Was meinst du? Das oder das?", fragte er, und Marie Claire antwortete:

„Les deux."[46]

---

[45] Sag mir, was los ist.
[46] Beides.

Inzwischen war es Frühling geworden. Die Hochzeit von Georg und Marie Claire und auch der Geburtstag von Franz rückten immer näher. Das Hochzeitsdatum stand auch schon fest. Es war der 28. Mai, der Geburtstag von Franz.

Die Vorfreude darauf wurde jäh unterbrochen, als Ende März der Lagerkommandant zu Besuch kam.

Er hielt ein Papier in der Hand, welches er schon von Weitem heftig hin- und her schwenkte.

„Vous êtes en liberté, vous êtes autorisé à rentrer chez vous!"[47], rief er immer wieder, während er auf Georg und Franz zueilte.

Als er bei den beiden angekommen war, hielt er ihnen einen Umschlag entgegen und wiederholte, jetzt in einem gemäßigteren Ton:

„Vous êtes en liberté, vous êtes autorisé à rentrer chez vous!"

Franz sah Georg verständnislos an und fragte :

„Kannst du mir sagen, warum der Kommandant so herumbrüllt? Was will er denn von uns?"

„Du kannst endlich nach Hause, Franz", antwortete Georg mit tonloser Stimme, *„ich freue mich für dich."*

---

[47] Ihr seid frei, ihr dürft nachhause.

„*W i r können nach Hause*", erwiderte Franz, der gerade nicht verstand, warum sein Freund das gesagt hatte.

„*Ich werde nicht mitkommen, Franz*", sagte Georg.

Nun verstand Franz überhaupt nichts mehr.

„*Aber was ist mit deiner Familie?*", fragte er, „*willst du sie denn nicht wiedersehen?*"

„*Ich habe keine Familie mehr in Österreich*", antwortete Franz mit trauriger Stimme, „*meine Familie ist jetzt hier.*"

„*Sind sie alle tot?*", fragte Franz und Georg antwortete: „*JA.*"

Als sie später mit der ganzen Familie zusammensaßen und die frohe Botschaft kundtaten, holte der Patron eine Flasche Champagner,

„*Cela doit être célébré!*"[48]

Als er den Champagner in die Gläser füllte, gab es nicht nur freudige Gesichter. Marie Claire und ihre Mutter schauten mit fragendem Blick zu Georg.

„*Je vais rester ici pour la vie.*"[49]

---

[48] Das muss gefeiert werden!
[49] Ich werde für immer hierbleiben.

Als Georg das sagte, fiel ihm Marie Claire um den Hals und küsste ihn. Madame Meurisse bekam Tränen in die Augen und der Patron hatte alle Mühe es ihr nicht gleich zu tun.

Georg verspürte eine Woge der Herzlichkeit und der Liebe und er fügte hinzu:

„Vous êtes ma famille. "[50]

Jetzt hielt es auch den Patron nicht länger zurück. Er stand auf und mit Tränen in den Augen ging er zu Georg und küsste ihn auf die Wangen.

Er hätte nur allzu gern etwas sagen wollen, vermochte es aber nicht, weil es ihm gerade die Kehle zuschnürte.

„Mon fils "[51], ging es Monsieur Clément Meurisse durch den Sinn. *„J'ai encore un fils. "*[52]

Franz, der das alles kommentarlos über sich ergehen ließ, fühlte sich in diesem Augenblick hundeelend. Er befand sich in einer gefühlsmäßigen Zwickmühle.

Auf der einen Seite freute er sich, wie auch alle anderen, auf das bevorstehende große, gemeinsame Fest, und auf der anderen Seite war das Heimweh über die ganze Zeit sein stiller Begleiter.

---

[50] Ihr seid meine Familie.
[51] Mein Sohn
[52] Ich habe wieder einen Sohn.

Er musste sich entscheiden, ob ihn das Heimweh noch lange zwei weitere Monate begleiten sollte oder ob er Verwandte und Freunde schon bald in die Arme nehmen könnte.

Georg war ihm in all der Zeit nicht nur eine große Stütze gewesen, sondern auch ein treuer und verlässlicher Freund. Ihn jetzt im Stich zu lassen, wäre schändlich gewesen, zumal Georg ihn darum gebeten hatte sein Trauzeuge zu sein.

„Was hast du für trübe Gedanken?", fragte ihn Georg in diesem Moment, *„freust du dich denn gar nicht?"*

Franz fing an zu weinen.

„Qu'est-ce qu'il a François?"[53]

Der Patron hatte zum ersten Mal „Franz" gesagt.

Georg wandte sich an Marie Claire und sagte:

„Ich denke, ich weiß, was mit Franz ist. Er hatte schon von Anfang an starkes Heimweh, und jetzt weiß er nicht, was er machen soll."

„Was heißt das <Heimweh>?", fragte Marie Claire, und Georg antwortete:

„Mal du pays".

---

[53] Was ist los mit Franz?

„Aber er darf doch jetzt nach Hause", erwiderte Marie Claire, die gerade nicht erkannte, worin das Problem liegt.

„Das kann er nicht machen, weil er doch mein Trauzeuge ist", antwortete Georg. Jetzt hatte Marie Claire verstanden. Sie übersetzte es dem Vater, der schon ungeduldig darauf gewartet hatte.

„Pas de problème. Il devait conduire à la maison immédiatement"[54], sagte der Patron und nickte Franz dabei freundlich zu.

„Es ist alles gut, Franz", sagte Georg und legte den Arm um seinen Freund, *„du packst deine Sachen und ab nach Hause."*

„Aber die Hochzeit", erwiderte Franz, *„ich kann dich doch nicht im Stich lassen."*

„Das ist Unsinn", sagte Georg, *„du lässt mich nicht im Stich. Sei froh, dass du endlich in deine Heimat zurückkehren kannst."*

„Warum sagst du <deine Heimat> und nicht <unsere Heimat>", erwiderte Franz, und Georg antwortete:

„Weil sie nicht mehr meine Heimat ist, Franz. Meine Heimat ist jetzt hier, hier beim <Erbfeind>."

---

[54] Kein Problem. Er soll sofort nach Hause fahren.

Bei diesem Wort lächelte Georg, und Franz konnte überhaupt nicht verstehen, was Georg da gerade gesagt hatte.

Schon wenige Tage später saß Franz in einem Transportzug, der ihn und viele seine Kameraden zurück in die Heimat verfrachtete.

Zuvor hatte es noch ein großes Abschiedsfest gegeben mit vielen köstlichen Speisen, viel Champagner und noch viel mehr Tränen.

*****

Das erste Treffen von Frau Dr. Ulrike Reinhard und dem Witwer Georg Rommelshausen fand schon wenige Tage nach dem überraschenden Gespräch in der Praxis von Ulrike statt.

„Ich habe noch sehr lange über unser letztes Gespräch nachgedacht", sagte Georg, *„und ich glaube, ich habe den Luftballon losgelassen."*

„Dann kann deine geliebte Marie jetzt Frieden finden", erwiderte Ulrike freudig in dem Bewusstsein, dass der Samen, den sie bei Georg gestreut hatte, aufgegangen war.

Georg hatte Ulrike schon am übernächsten Tag angerufen, um sie in das Restaurant „Roi de France" einzuladen.

Es war auch das Lieblingslokal von Marie. Das Lokal war nicht sehr groß und an den Wänden hingen Bilder aus der Zeit Napoleons.

Das „Roi de France" verfügte über eine exzellente Küche, und ohne Vorbestellung bekam man nur sehr schwer einen Platz.

Georg und Marie waren mit der Zeit zu Stammgästen avanciert und mit dem „Maître de Cuisine", Didier Lacroix, befreundet.

Didier, ein Franzose, der zwar Deutsch verstand und auch - versehen mit dem typischen französischen Akzent – gut sprechen konnte, genoss es immer wieder, wenn Marie und Georg zu Gast waren.

Dann konnt er mit den beiden – Georg sprach schon lange Zeit fließend Französisch – in seiner Muttersprache sprechen, was ihm eine ungeheure Freude bereitete.

Sobald Didier mitgeteilt worden war, *„dass Herr Rommelshausen mit Begleitung eingetroffen wäre"*, kam er sofort herbeigeeilt, um die Gäste zu begrüßen.

Als er Ulrike entdeckte, stutzte er.

„Bon soir, mon ami. Où est Marie? Elle ne se sente pas bien?"[55],

Damit hatte Georg nicht gerechnet. Ihm wurde schlagartig bewusst, dass Didier ja keine Ahnung vom Tod von Marie hatte.

„Verzeih mir, mein Freund", antwortete Georg, *„das kannst du ja nicht wissen. Marie ist vor einem Jahr gestorben."*

„Mon dieu", sagte Didier bestürzt, *c'est terrible."*[56]

Ulrike fühlte sich in diesem Augenblick nicht wohl in ihrer Haut. Sie wandte sich Georg zu und sagte:

„Ich möchte bitte gehen."

Didier ergriff Ulrikes Hand und sagte:

„Verzeihen Sie bitte meine Unhöflichkeit, Madame, ich bin Didier Lacroix, der Koch in diesem Etablissement. Es wäre mir eine Ehre und eine große Freude, wenn ich für Sie und Monsieur Georg kochen dürfte."

Dann gab er Ulrike einen Handkuss, verneiget sich ein wenig und sagte mit einem charmanten Lächeln:

---

[55] Guten Abend, mein Freund. Wo ist Marie? Geht es ihr nicht gut?
[56] Mein Gott, das ist ja furchtbar.

„Je suis ravi.“[57]

Ulrike zögerte einen kurzen Moment, konnte dann aber dem Charme von Maître Didier nicht widerstehen, zumal Georg das Seine dazutat, indem er Ulrike mit einem flehentlichen Blick bedachte.

Didier führte Georg und Ulrike an einen Tisch, der nur für spezielle Gäste reserviert war.

„Bitte, erlauben Sie mir, Madame, dass ich Sie auf ein Glas Champagner einlade als kleinen Willkommensgruß“, sagte Didier mit demselben Lächeln wie zuvor, und wieder schaffte es Ulrike nicht NEIN zu sagen.

Als sich Didier vom Tisch entfernt hatte, sah Ulrike Georg eindringlich an. Dann sagte sie:

„Findest du es nicht ein wenig daneben, dass du mich ausgerechnet in das Restaurant führst, in welchem du mit deiner Frau des Öfteren gespeist hast?“

Und bevor Georg antworten konnte, fuhr Ulrike fort:

„Und dann die Peinlichkeit mit dem Koch, der gar nicht wusste, dass deine Frau gestorben ist. Das ist für meinen Geschmack etwas viel für ein erstes Rendezvous.“

---

[57] Ich bin hocherfreut.

Georg schwankte hin und her. Welchem Gefühl sollte er mehr zusprechen: Dem Gefühl der Reue und der Betroffenheit, dass er Ulrike in diese für sie offenkundig peinliche Situation gebracht hatte oder dem Gefühl der Freude darüber, dass Ulrike das Wort „Rendezvous" benützt hatte?

Georg entschied sich für Letzteres, für das Erste beschloss er sich zu entschuldigen.

„Bitte, verzeih mir, dass ich so unsensibel war", sagte Georg, *„es tut mir sehr leid. Ich hätte dich vorher fragen sollen. Und dass Didier nichts wusste vom Tod meiner Frau, daran habe ich überhaupt nicht gedacht."*

Es war eigenartig, dass sowohl Ulrike als auch Georg von Marie Claire als „Frau" sprachen und sie nicht beim Namen nannten.

„Siehst du", fuhr Georg fort, *„ich habe dich davor gewarnt dich mit einem Herrn reiferen Alters einzulassen. Du weißt ja als Ärztin wie das ist mit dem Schwund der grauen Zellen im fortgeschrittenen Alter."*

Ulrike musste schmunzeln. Die Wolken der Verstimmung begannen sich zu lichten, und als Didier den Champagner brachte, verschwanden sie gänzlich.

„Ich hätte nicht erwartet, dass dir meine Vorgeschichte mit Marie Claire Probleme bereiten würde", sagte Georg, und Ulrike antwortete:

„*Das ist Unsinn, und das weißt du auch. Ich habe deine Frau gemocht, und es hat mir sehr leidgetan, dass sie so krank geworden ist.*"

„*Warum dann aber deine Reaktion von vorhin?*", fragte Georg.

„*Ich war ganz einfach überrumpelt von der Situation*", antwortete Ulrike, „*es ist offensichtlich, dass Didier mit dir und Marie Claire befreundet war. Ich kam mir in diesem Augenblick wie ein Störfaktor vor.*"

Georg sah Ulrike an. Er wünschte, er besäße nur einen kleinen Anteil von Ulrikes Feingefühl. Sie war so ganz anders wie Marie Claire.

„*Ich kann mich nur noch einmal für meine Tollpatschigkeit entschuldigen, und an deine Großmut appellieren*", sagte Georg, und Ulrike antwortete:

„*Jetzt lass es einfach gut sein. Und wenn ich nicht bald etwas zu essen bekomme, garantiere ich für nichts mehr. Der Champagner setzt mir schon ordentlich zu.*"

Als Georg und Ulrike mit dem Essen fertig waren, ergriff Georg Ulrikes Hand und sagte:

„*Ich möchte dich etwas fragen.*"

Ulrike sah Georg erwartungsvoll an. Es schien, als müsste Georg sich erst noch selber Mut machen, bevor er seine Frage stellte. Schließlich begann er doch.

„*Was hältst du davon, wenn wir ein für paar Tage wegfahren?*"

„*Wegfahren?*", fragte Ulrike überrascht, „*warum und wohin?*"

Georg war verwirrt. Die Frage nach dem „wohin" schien ihm logisch, hingegen die Frage nach dem „warum" verunsicherte ihn.

Er versuchte dennoch darauf zu antworten.

„*Um uns besser kennenlernen zu können. Ist das Blödsinn?*"

„*Nein*", entgegnete Ulrike, „*keinesfalls. Es kommt nur ein wenig überraschend. Noch vor wenigen Tagen waren wir per „Sie", und heute fragst du mich, ob wir gemeinsam wegfahren wollen.*"

„*Ich wollte dich nicht überrumpeln*", antwortete Georg fast ein wenig schuldbewusst und flüchtete in eine Floskel.

„*Meine Uhr läuft bald ab, und ich möchte meine Restzeit nicht verplempern.*"

Der Blick von Ulrike machte Georg unzweifelhaft klar, dass diese Bemerkung nicht wirklich passend war. Er fühlte sich augenblicklich völlig überfordert und machte den nächsten Schritt in Richtung Abgrund.

„Das mit uns ist eine Schnapsidee. Ich werde jetzt bezahlen und dann werde ich Sie nach Hause bringen."

In Georgs Kopf hämmerte es wie wild. Er hatte das Gefühl sich in einem Strudel zu befinden, der ihn unablässig nach unten zieht.

„Ich glaube, der Alkohol setzt dir zu sehr zu", antwortete Ulrike, *„wie sonst ließe sich erklären, dass du einen solchen Unsinn redest.*

Du wirst jetzt die Rechnung verlangen, danach fahren wir zu mir nach Hause, und dann wirst du mir sagen, wohin wir fahren werden.

Das setzt natürlich voraus, dass du bis dahin wieder Herr deiner Sinne bist; denn gerade jetzt scheinst du das nicht zu sein."

Georg bat um die Rechnung, und nachdem er sie beglichen hatte, verabschiedeten sie sich noch von dem Maître, jedoch nicht ohne ihm das Versprechen zu geben in Bälde wiederzukommen.

*****

Die Wohnung von Ulrike gefiel Georg vom Moment des Eintretens an. Sie hatte etwas Anheimelndes an sich, nicht zuletzt auch durch die vielen Bilder an der Wand.

Sie zeigten persönliche Aufnahmen, zum großen Teil in schwarz-weiß.

„Schau sie dir nur an", sagte Ulrike, *„ich ziehe mir nur etwas Bequemeres an und bin gleich wieder da."*

Georg betrachtete die Bilder genauer. Es waren Bilder, die vor langer Zeit gemacht worden waren.

„Das ist meine Ahnengalerie", sagte Ulrike, die zu Georg herangetreten war. Als Georg sah, dass Ulrike einen bequemen, auberginefarbenen Hausanzug trug, kehrte seine Verunsicherung unvermindert heftig wieder zurück.

„Jetzt hole ich uns erst einmal etwas zu trinken, und dann mache ich eine Führung. Was möchtest du?"

Georg bekam feuchte Hände. Er fühlte sich vollkommen überfordert. So sehr er ein Begehren in sich spürte diese Frau zu besitzen, so sehr fürchtete er sich jetzt gerade davor.

„Ein Wasser", stammelte er, *„am liebsten ein Wasser."*

„Mit oder ohne Kohlensäure?", fragte Ulrike lächelnd. Das war der Auslöser für Georg die Reißleine zu ziehen.

Kindheitserinnerungen wurden wach. Er fühlte sich wie der kleiner Junge, der von allen ausgelacht wird, weil er stotterte. Georg ging in Richtung Tür, er wollte nur noch schnell weg. Und beim Hinausgehen sagte er:

„Ich hatte recht. Das kann einfach nicht funktionieren. Es tut mir sehr leid; bitte, entschuldige..."

*****

Die nächsten Wochen verliefen in absoluter Funkstille. Ulrike, weil sie der Meinung war, dass Georg den ersten Schritt machen sollte, und Georg, weil er sich schämte. Er fühlte sich zerrissen. Die Unsicherheit aus Kindertagen hatte sich wieder in seinem Kopf eingenistet, und er wusste nicht, wie er dagegen angehen sollte.

Er dachte an Marie Claire, und wie einfach es damals gewesen war, als sie ihm – während seiner Gefangenschaft – einen Antrag machte.

Diese Leichtigkeit wünschte er sich jetzt zurück. Georg kniete vor dem Grab von Marie Claire und gab frische Blumen in die Vase.

Er schaute auf das kleine Emailbildnis von Marie Claire auf dem Grabstein, welches ihn anzulächeln schien, und er musste daran denken, wie sehr sie ihm nahegelegt hatte, er solle nicht allein bleiben.

Auf dem Rückweg zu seiner Wohnung kam Georg bei einem Blumenladen vorbei. Er kaufte einen bunten Strauß und bat die Verkäuferin um die Zustellung desselben an Frau Dr. Ulrike Reinhard.

Als ihn die Verkäuferin um die Adresse bat, kam Georg kurz in Verlegenheit. Obwohl er ja schon einmal in der Wohnung von Ulrike war, konnte er ihre Adresse nicht benennen. So gab er kurz entschlossen die Adresse der Arztpraxis an.

Auf das kleine Billett schrieb er:

„Es tut mir leid, Georg."

Noch am selben Abend klingelte das Telefon. Es war Ulrike.

„Hallo Georg, ich möchte mich für den schönen Blumenstrauß bedanken. Er gefällt mir sehr."

„Guten Abend, Ulrike, das freut mich."

„Wie geht es dir?"

„Danke, schlecht."

„Körperlich oder seelisch?"

„Sowohl als auch."

„Hast du keinen Arzt, zu dem du gehen kannst?"

„Doch schon; aber der will mich gerade nicht sehen."

„Wie das denn?"

„Ich habe mich ihm gegenüber unkorrekt verhalten."

„Auf welche Art und Weise?"

„Das ist am Telefon nur sehr schwer zu erklären."

„Dann schlage ich vor, wir treffen uns, und du erklärst mir dann alles."

„Das würde ich sehr gern. Sag mir bitte nur noch wann und wo."

Einen Moment lang herrschte Stille.

„Hallo, Ulrike, bist du noch da?"

„Ja, ich schaue nur gerade schnell nach, wann es günstig wäre."

„Ach so..."

„Wie wäre es am Samstagnachmittag? Hättest du da Zeit?"

„Samstagnachmittag passt mir gut. Und wo?"

„Kennst du das Café Ziegler im 13. Bezirk?“

„Ja, kenne ich. Das ist nett.“

„Also gut; sagen wir Samstagnachmittag um 16:00 Uhr im Café Ziegler.“

„In Ordnung. Ich freue mich schon sehr darauf.“

„Ich mich auch. Ich wünsch dir noch einen schönen Abend, und nochmals danke für die Blumen.“

„Das wünsche ich dir auch, und vielen Dank für deinen Anruf. Ich wünsch dir eine gute Nacht und schlaf gut.“

„Du auch!“

Das Café Ziegler war ein Kaffeehaus im alten Stil. Das Mobiliar deutete darauf hin, dass hier schon einige Generationen vorher Zeitung gelesen wurde, in Verbindung mit einem Mokka, einem kleinen Braunen oder einem der vielen anderen Kaffeevariationen.

Als Ulrike das Café betrat, erhob sich Georg und ging eilig auf sie zu.

„Ich bin sehr froh, dass wir uns heute hier treffen“, sagte Georg, während er Ulrike aus ihrem Mantel half.

Sie setzen sich nieder an einem Tisch, wo schon der dritte Espresso darauf wartete, dass er endlich zu

Ende getrunken werden würde, bevor er völlig erkaltet wäre.

„Möchtest du auch einen Kaffee?", fragte Georg und winkte den Kellner herbei.

„Nein", antwortete Ulrike, *„ich hätte lieber eine Kleinigkeit zu essen, ich bin heute noch nicht dazu gekommen."*

„Was darf ich Ihnen bringen, gnädige Frau?", fragte der Ober, welcher die Antwort von Ulrike mitgehört hatte.

„Ein Schinkensandwich mit Gurkerln wäre nett und dazu ein kleines Bier, wenn das möglich ist", antwortete Ulrike.

„Kommt sofort, gnädige Frau", antwortete der Ober und entfernte sich.

Die Geschwindigkeit, mit welcher Ulrike ihr Sandwich verschlang, war Beweis dafür, dass sie an diesem Tag wirklich noch nichts gegessen hatte.

„Das war jetzt genau richtig", sagte Ulrike, als sie damit fertig war. Sie wischte sich mit der Serviette über den Mund und fragte dann:

„Was bedrückt dich, mein Lieber? Kann ich dir, vielmehr erlaubst du mir dir zu helfen?"

Georg sah Ulrike an, und er fühlte schon wieder eine leise Beklemmung in sich aufsteigen. Er nahm allen Mut zusammen und antwortete:

„Es ist die alte Geschichte. Ein Mann verliebt sich in eine wunderbare Frau, und er hat Angst davor ihr nicht genügen zu können."

„Darf ich davon ausgehen, dass du von uns beiden sprichst?", fragte Ulrike, begleitet von einem sanften Lächeln, *„und wenn ja, wieso solltest du mir nicht genügen können?"*

Jetzt stand Georg vor einer schwierigen Entscheidung. Entweder er flüchtete, wie beim letzten Mal oder er musste wohl oder übel die Karten auf den Tisch legen.

Er entschied sich für Letzteres und antwortete zaghaft:

„Es ist ein altersbedingtes Problem."

Ulrike sah Georg an. Ein stattlicher Mann, attraktiv und überdurchschnittlich intelligent, gebärdete sich gerade wie ein kleines Kind, das eine Vase zerschlagen hatte.

Einer Ahnung folgend erwiderte sie:

„Hat das etwas mit diesen blauen Pillen zu tun?"

Georg fühlte eine aufkommende Mundtrockenheit. Er schluckte mehrmals, bevor er antwortete:

104

„*Ich würde mir gern einen Cognac bestellen. Möchtest du auch einen?*"

„*Warum nicht*", antwortete Ulrike und winkte den Ober herbei.

„*Bringen Sie uns bitte zwei Cognac!*"

Der Ober wollte sich schon wieder entfernen, als ihm Georg hastig nachrief:

„*Zwei doppelte, bitte!*"

Die Zeit, bis der Ober wieder an den Tisch zurück-kehrte, empfand Georg als eine nie enden wollende Ewigkeit. Ulrike überbrückte sie mit den Worten:

„*Ich mag dieses Café. Es hat so ein leicht morbi-des Flair. Findest du nicht auch?*"

„*Ja*", antwortete Georg in großer Dankbarkeit, dass Ulrike ihm den kleinen Aufschub gewährt hatte.

Der Ober war inzwischen zurückgekehrt, und die beiden prosteten einander zu.

Georg war überrascht, als Ulrike nun ihrerseits das Thema wieder aufgriff.

„*Ich will mich nicht auf dich einlassen, weil ich einen Tiger im Bett suche*", begann sie und fuhr nach einer kurzen Pause fort:

*„Es ist der Mensch, den ich in Georg Rommels-
hausen sehe und der mich anzieht.*

*Das wiederum soll nicht bedeuten, dass ich Erotik
und Zärtlichkeit nicht möchte, ganz im Gegenteil."*

Ulrike machte eine Pause, um ihre Worte auf
Georg wirken zu lassen. Dann begann Georg, den die
Worte von Ulrike ein wenig entspannter gemacht hat-
ten.

*„Ich habe schon seit Jahren keine intime Bezie-
hung mehr. Als Marie Claire so krank wurde, hat sich
das Thema von allein erledigt. Und während ihrer
Krankheit und nach ihrem Tod gab es keine andere
Frau."*

Ulrike legte ihre Hand auf die Hand von Georg.
Sie fühlte, wie unendlich schwer es für ihn gewesen
sein musste das zu sagen.

„Sex ist, wie Rad fahren, man verlernt es nicht."

Als Georg das hörte, war er ein kleines Bisschen
geschockt. Die direkte Art Dinge beim Namen zu
nennen, befremdete ihn ein wenig.

„Habe ich dich erschreckt, mein Liebling?", fragte
Ulrike mit sanfter Stimme.

Die Art, wie Ulrike ihn gerade anblickte, und die
Verwendung des Wortes „Liebling" – übrigens zum
ersten Mal – versetzten ihn in Hypnose. Er saß da,

regungslos, unfähig irgendeines Gedankens, und hörte von Ferne Engelsgesang.

„Es ist alles gut, Liebste", hauchte er hingebungsvoll, küsste Ulrike die Hand und hieß den Ober eine Flasche Champagner bringen.

*****

Am nächsten Morgen wurde Georg von Kaffeeduft geweckt. Als er die Augen öffnete, sah er Ulrike mit einem Tablett das Zimmer betreten.

„Ich hoffe, du magst Frühstück im Bett."

Georg bemerkte erst jetzt, dass er sich im Schlafzimmer von Ulrike befand, und das in einem ihn erschreckenden Zustand. Georg war nackt.

Georg zog unwillkürlich die Decke ein Stück höher. Ulrike musste lächelte, als sie das sah.

„Du musst dich nicht vor der bösen Frau fürchten", sagte sie, *„sie will nur mit dir frühstücken."*

Dann platzierte sie das Tablett auf dem Bett und setzte sich daneben. Sie reichte Georg eine Serviette mit den Worten:

„Lass es dir schmecken mein Liebster. Das wird dir guttun nach der anstrengenden Nacht."

Georg schaute Ulrike ungläubig an. Er konnte durch das kurze Shirt ihre Brustwarzen erkennen, und er fühlte eine steigende Erregung.

„Möchtest du vielleicht, dass ich dir die Frage beantworte, die du dich nicht zu stellen traust?", sagte Ulrike mit einem verschmitzten Lächeln.

Und als Georg sie weiterhin mit seinem ungläubigen Blick anschaute, ohne auf die Bemerkung von Ulrike zu reagieren, sagte sie:

„Ja, wir haben, und es war wunderschön. Und blaue Pillen waren überhaupt nicht nötig."

Dann nahm sie eine Semmel, schnitt sie auf, strich Butter und Marmelade darauf und biss genüsslich hinein.

Georg ordnete seine Gedanken. So überraschend, ja beinahe ein wenig befremdlich er das Umgehen von Ulrike mit den Vorgängen der letzten Nacht fand, an welche er sich gerade überhaupt nicht zu erinnern vermochte, so sehr gefiel ihm die Natürlichkeit, die von Ulrike dabei ausging.

„Entschuldige", mischte sich Ulrike in Georgs Gedanken, *„ich habe dich ja noch gar nicht richtig begrüßt."*

Sie beugte sich gefährlich über das Frühstückstablett und reichte Georg ihre Lippen zum Kuss. Georg beugte sich zu Ulrike und als er ihre feuchten Lippen spürte, ergriff ihn erneut eine heftige Erregung.

Als hätte Ulrike es gespürt, nahm sie das Tablett und setze es auf den Boden neben dem Bett. Sie zog sich das Shirt über den Kopf, und mit den Worten *„Mach ´s noch einmal, Sam!"*, zog sie Georg in einen Strudel der Leidenschaft, der beide zur Gänze verschlang.

Georg fühlte sich so unbeschreiblich jung, seit Ulrike ihn von seinen letzten Bedenken befreit hatte, und er genoss jede Minute ihrer Zweisamkeit.

*****

Georg hatte einen Teil seiner Kleider in Ulrikes Wohnung gebracht. Er bereitete mit großer Hingabe täglich das Essen für sie beide, wenn Ulrike in der Praxis war.

Nach einem dieser abendlichen Essen fragte Ulrike plötzlich:

„Was hältst du davon, wenn wir für ein paar Tage wegfahren?"

„Das ist eine wunderbare Idee", antwortete Georg begeistert, „und hast du auch schon eine Idee, wohin?"

„Magst du das Salzkammergut?", antwortete Ulrike mit einer Gegenfrage.

„Ja", antwortet Georg, „mit dir würde ich überall hinfahren, sogar bis ans Ende der Welt."

„Das freut mich, mein Schatz", antwortete Ulrike, „aber ganz so weit ist Bad Ischl dann aber doch nicht."

„Bad Ischl?", fragte Georg, „warum gerade Bad Ischl? Hat das einen Grund?"

Ulrike zögerte einen Moment, bevor sie antwortete. Dann sagte sie:

„Ja, es ist meine Geburts- und Heimatstadt."

„Dann fahren wir auf jeden Fall dorthin", erwiderte Georg freudig, „hast du vielleicht noch Verwandte in Bad Ischl?"

„Einen Bruder", antwortete Ulrike.

„Und deine Eltern?", fragte Georg.

„Mein Vater ist nicht mehr aus dem Krieg zurückgekehrt", antwortete Ulrike, „und meine Mutter ist dement und lebt in einem Pflegeheim."

„*Das tut mir leid*", sagte Georg. „*Wenn es dir recht ist, und wenn du möchtest, dann können wir sie gern gemeinsam besuchen.*"

„*Das würdest du tun?*", erwiderte Ulrike, und Georg antwortete:

„*Aber natürlich, ich würde mich freuen deine Mutter kennenzulernen.*"

Ulrike sah Georg an, und sie fühlte eine große Dankbarkeit. Es war schon eine geraume Weile her, dass sie ihre Mutter besucht hatte.

„*Glaubst du nicht, dass es Probleme machen könnte jetzt in der Hauptsaison ein Zimmer zu kriegen?*", fragte Georg.

„*Wir brauchen kein Zimmer*", antwortete Ulrike, „*wir haben ein ganzes Haus. Genauer gesagt eine ganze Etage eines Hauses.*

Es ist mein Elternhaus. Die untere Etage bewohnt mein Bruder. Solange Mama noch im Haus war, hat er im oberen Stock gewohnt.

Als Mama dann dement wurde und ins Pflegeheim kam, ist er in den unteren Stock gezogen. Und ich habe mir den oberen Stock wohnlich eingerichtet."

„*Hätte sich dein Bruder nicht um eure Mutter kümmern können?*", fragte Georg, und Ulrike antwortete:

„Nein, das war nicht möglich. Gerhard ist Ingenieur. Er arbeitete für eine Firma, die Brunnen baut. Dadurch ist er viel im Ausland unterwegs. Und die Betreuung meiner Mutter erfordert eine ständige Anwesenheit."

„Und wohnt dein Bruder jetzt im Haus?", fragte Georg weiter.

„Seit zwei Jahren", antwortete Ulrike. „Er hat eine Familie gegründet und die Firma gewechselt. Jetzt muss er keine Auslandsaufenthalte mehr machen."

„Habt ihr ein gutes Verhältnis zueinander?", fragte Georg, und Ulrike antwortete:

„Ein sehr Gutes; aber du wirst ihn ja bald kennenlernen."

„Ist er jünger oder älter als du?", fragte Georg.

„Gerhard ist mein kleiner Bruder, er ist neun Jahre jünger als ich."

Als Georg nicht auf die Antwort reagierte, fragte Ulrike:

„Ist das wichtig für dich?"

„Vielleicht", antwortete Georg unsicher, „ich frage mich, wie er wohl darauf reagieren wird, wenn er mich sieht."

„Da kannst du unbesorgt sein, mein Schatz", sagte Ulrike lachend und fuhr fort:

„Nobody is perfekt. Gerhard hat eine Nigerianerin zur Frau. Die hat er von einem Auslandseinsatz mitgebracht. Und jetzt haben sie zwei wunderschöne Schoko-Mäuse, Kira und Malou."

„Ich bin schon sehr neugierig darauf alle kennenzulernen", sagte Georg, *„und danke, dass du das tust."*

„Wie meinst du das?", fragte Ulrike, und Georg antwortete:

„Dass du mich so weit in dein Leben hineinlässt."

Ulrike gab Georg einen Kuss und erwiderte:

„Das mache ich gern, mein Schatz, und du machst es ja schließlich auch."

*****

Das Elternhaus von Ulrike war mehr als nur ein Haus. Es war schon eher eine Villa. Zwei Vollgeschosse und ein ausgebautes Dachgeschoss, inmitten eines parkähnlichen Grundstücks.

Ulrike hatte ihrem Bruder avisiert, dass sie kommen würde, und dass sie in Begleitung wäre.

Als Georg und Ulrike ankamen, wurden sie schon erwartet. Im Garten vor der Villa war eine Kaffeetafel gedeckt und auf dem Tisch stand eine Vase mit frisch gepflückten Wiesenblumen.

„Tante Ulli, Tante Ulli"

Die beiden Mädchen kamen stürmisch auf Ulrike zugeeilt.

„Hallo, meine Mäuse", sagte Ulrike und gab den beiden Mädchen einen Kuss.

„Und wer bist du?", kam die Frage der Mädchen an Georg gerichtet.

„Ich bin Georg, und ich freue mich sehr euch kennenzulernen."

Mit diesen Worten überreichte Georg den beiden Mädchen je eine Schachtel in Schuhkartongröße.

Mit einem lauten *„Mama, Mama"* eilten die Mädchen zurück zu ihrer Mutter, ihren Karton in die Höhe haltend.

Ulrike und Georg waren an der Tafel angelangt.

Gerhard küsste seine Schwester und sagte:

„Ich freue mich sehr, dass ihr gekommen seid."

„Wir freuen uns auch", erwiderte Ulrike, *„darf ich euch meine große Liebe, Georg Rommelshausen, vorstellen?"*

„Hallo Georg", sagte Gerhard und streckte ihm die Hand entgegen.

„Ich bin zwar der Jüngere, aber ich möchte mir trotzdem erlauben das DU anzubieten."

„Das nehme ich dankend an", erwiderte Georg lächelnd, und Gerhard fuhr fort:

„Dann darf ich dir jetzt meine Familie vorstellen. Diese wunderschöne Frau hört auf den Namen <Jamila> und ist die Sonne meines Lebens.

Und diese zwei Wirbelwinde sind unsere Augensterne Kira und Malou."

Jamila ging auf Georg zu und umarmte ihn.

„Ich freue mich sehr Ihre Bekanntschaft zu machen."

„Die Freude ist ganz meinerseits, verehrte Jamila", antwortete Georg und Ulrike löste die – aus ihrer Sicht – bereinigungswürdige Situation auf mit den Worten:

„Wir sind doch eine große Familie, und in einer Familie sagen alle DU zueinander."

Kira und Malou rissen hastig das Papier auf, mit welchem die Kartons eingepackt waren. Als sie sahen, was in den Kartons war, gerieten sie völlig aus dem Häuschen.

„Mama, Papa", riefen sie laut, *„schau mal, was da drinnen ist."*

In den Kartons befanden sich Rollschuhe, etwas womit die beiden Mädchen ihren Eltern schon sehr lange Zeit in den Ohren lagen.

Ulrike hatte es Georg gesagt, und Georg war sehr froh darüber, zumal er keine Ahnung hatte, mit was man so kleinen Mädchen eine Freude bereiten könnte.

„Habt ihr euch auch bedankt?", fragte Jamila, und Kira und Malou gingen zu Georg, fielen ihm um den Hals und sagten:

„Vielen Dank, Onkel Georg!"

Georg war überrascht von dieser spontanen Danksagung, und er musste daran denken, wie unkompliziert der Mensch im Kindesalter ist, und wie dumm er im Laufe seines Lebens wird und diese Eigenschaft abstreift wie eine alte Haut.

Nach der Kaffeejause - geadelt durch allerfeinste Mehlspeisen vom ehemaligen „k.u.k. Hoflieferant" Zauner - brachten Georg und Ulrike ihr Gepäck in die Wohnung im oberen Stock.

Ulrike räumte die Koffer aus, und Georg trat hinaus auf den Balkon. Er sah sich um und sagte:

„Von hier oben hat man einen wunderbaren Blick."

„Hast du die Katrin schon entdeckt?", kam die Frage von Ulrike aus dem Schlafzimmer, und Georg antwortete:

„Wer soll das sein? Eine Nachbarin vielleicht?"

Ulrike musste laut lachen.

„Das ist der Hausberg der Ischler", antwortete sie, *„auf den werde ich dich morgen hinaufschleifen."*

„Hat die Stadt kein Geld für einen Lift?", fragte Georg und Ulrike antwortete:

„Es gibt einen Lift; aber der ist nur etwas für Weicheier. Und du bist doch keines, mein lieber Schatz, oder?"

„Du vergisst, dass ich schon ein alter Herr bin", antwortete Georg, und Ulrike konterte:

„Davon habe ich in den vergangenen Nächten aber nichts bemerkt."

Georg lächelte. Er hätte vor einiger Zeit nicht im Traum daran gedacht, dass Sexualität in seinem Alter so erfüllend sein könnte.

Es war wohl auch die einfühlsame Art, mit der ihn Ulrike dorthin zurückgeführt hatte, von wo er sich vor sehr langer Zeit verabschiedet hatte.

„Ich bin müde von der langen Reise und der üppigen Jause", sagte Ulrike, die gerade mit dem Einräumen fertig geworden war. *„Was hältst du von einem kleinen Schläfchen?"*

„Das ist eine wunderbare Idee, mein Liebling", antwortete Georg wohl wissend, dass er sich das „Schläfchen" erst verdienen müsste.

„Hättet ihr Lust mit uns morgen auf den Berg zu gehen", fragte Ulrike am Abend, als sie mit Bruder und Schwägerin bei einem Glas Wein zusammensaßen.

Es war ein lauer Sommerabend, und die Stille wurde nur durch das Zirpen der Grillen unterbrochen. Die Villa lag zwar an einer Straße, aber es war keine Durchgangsstraße. Die wenigen Autos, welche vorbeifuhren, gehörten fast ausschließlich den Anwohnern.

„Ich muss bei den Kindern bleiben", antworte Jamila, *„aber Gerry kann euch ja begleiten."*

Gerry ist die englische Kurzform von Gerhard und Englisch ist in Nigeria die Amtssprache. Jamila hat diese Bezeichnung auch beibehalten, nachdem sie Gerhard nach Österreich gefolgt war.

Georg erkannte blitzschnell seine Chance.

„*Aber ich könnte doch bei den beiden Kindern bleiben*", sagte er hoffnungsfroh, was bei Ulrike jedoch nur ein müdes Lächeln hervorlockte.

„*Du wirst doch dein geliebtes Weibi nicht allein den Gefahren der Berge aussetzen, mein Schatz. Du kommst schön mit.*"

Allgemein einsetzendes Gelächter beendete den kurzfristigen, chancenlosen Traum von Georg, und am nächsten Morgen trottete er gottergeben hinter den Geschwistern Reinhard her. Schritt um Schritt, mit gesenktem Blick, hinauf auf steile Bergeshöh'...

Als sie nach knapp 3 Stunden vor dem historischen „Franz-Josef-Kreuz" auf dem Gipfel standen, war Georg heilfroh, dass er es geschafft hatte.

„*Berg Heil, mein tapferer Held!*", sagte Ulrike und Gerhard schloss sich an.

„*Tolle Leistung, Schwager*", fügte er noch hinzu, nicht ohne ein feines Lächeln und klopfte Georg auf die Schulter.

„*Und wie geht es jetzt weiter?*", fragte Georg vorsichtig.

„*Von jetzt an geht es nur noch bergab*", antwortete Gerhard. „*In einer knappen halben Stunde sind wir bei der <Katrin-Almhütte> und dann stärken wir uns erst einmal.*"

„*Aber vorher machen wir noch einen kleinen Sprung hinüber zum <Elferkogel>, das sind nur 15 Gehminuten von hier aus*", wandte Ulrike ein und machte damit Georgs Hoffnung zunichte.

„*Aber nur, wenn es Georg nicht zu viel wird*", versuchte Gerhard dem schon leicht erschöpften Georg zu Hilfe zu kommen.

Georg bedachte die Hilfe von Gerhard mit einem dankbaren Blick und sagte:

„*Keineswegs, mein Lieber; aber trotzdem danke!*"

„*Voran, mein tapferer Held, lass und den nächsten Gipfel bezwingen!*"

Mit diesen Worten stapfte Ulrike los, und im Gefolge Georg und Gerhard, dem sein Schwager beinahe ein wenig leidtat.

Er musste daran denken, dass Ulrike schon so war, als sie noch Kinder waren. Sie hatte ihn unzählige Male auf den Berg geschleppt, ganz egal, ob er wollte oder nicht.

Als die drei Bergsteiger müde und erschöpft endlich auf der Katrin-Almhütte angekommen waren, spürte Georg Muskeln, denen er an diesem Tag zum ersten Mal begegnet war.

Ulrike hatte es bemerkt. Sie bereute, dass sie Georg so viel zugemutet hatte.

„*Ich bin eine dumme Kuh*", sagte sie Georg leise ins Ohr, „*es tut mir leid, dass ich dir zu viel zugemutet habe. Bist du mir böse, mein Schatz?*"

Georg lächelte. Dann sagte er:

„*Das muss dir nicht leidtun, du gnadenloses Weib. Ich werde mich bitter rächen. Ich sage nur <Lysistrata>.*"

„*Was meinst du damit, mein edler Gemahl?*", erwiderte Ulrike, und Georg sagte mit finstererer Mine:

„*Ich werde mich dir des Nachts verweigern, wenn du an meine Tür klopfst.*"

„*Gnade, mein Gebieter, Gnade!*", rief Ulrike so laut, dass einige der umhersitzenden Hüttenbesucher aufmerksam geworden waren.

„*Schweig Weib!*", erwiderte Georg, „*es gibt keine Gnade.*"

Diese abstruse Konversation fand ihr Ende, weil sowohl Georg als auch Ulrike in einen Lachkrampf verfallen waren.

Gerhard, der von alledem nichts mitbekommen hatte, kam gerade aus dem Hütteninneren zurück.

„*Was habt ihr denn?*", fragte er, „*und warum schauen die Leute alle hierher?*"

„*Keine Ahnung, kleiner Bruder*", antwortete Ulrike, „*da sind wohl irgendwelche ausländische Touristen. Ich vermute, es sind Deutsche. Die sind ja alle ein wenig komisch.*"

„*Du Rassistin!*", sagte Gerhard gespielt empört, wusste er doch, dass seine große Schwester alles war; aber keine Rassistin.

Nachdem sie sich gestärkt hatten, gingen sie noch zum Aussichtspunkt „Kaisers-Ansitz", von wo sie einen herrlichen Blick hinunter auf die Kaiserstadt bis hin zum fernen Traunsee hatten.

Als sie dann endlich in der Seilbahngondel saßen, die sie gemächlich hinunter ins Tal brachte, hatte Georg große Mühe gegen drohende Wadenkrämpfe anzukämpfen.

Ein gemeinsames Bad in der Wanne bescherte ihnen etwas später ein genussvolles und wohltuendes Erlebnis.

Für den nächsten Tag sagte der Wetterbericht äußerst hohe Temperaturen vorher. Dass das wohl stimmte, konnte man schon beim Frühstück erkennen.

Georg und Ulrike saßen, zusammen mit der Familie ihres Bruders, im Garten.

„*Wir fahren nach dem Frühstück nach Strobl ins Freibad. Möchtet ihr nicht mitkommen?*", fragte Gerhard, und Ulrike antwortete:

„Es ist uns viel zu heiß. Wir legen uns nachher im Schatten in die Liegestühle und wenn es uns später zu heiß wird, ziehen wir uns ins Haus zurück."

„Dann habt einen schönen Tag", sagte Gerhard, und Ulrike erwiderte:

„Den wünschen wir euch auch."

„Aber vergesst nicht, heute Abend feiern wir Geburtstag", schickte Gerhard noch vor dem Wegfahren nach.

„Auf gar keinen Fall", antwortete Ulrike.

„Was meinte Gerhard vorhin?", fragte Georg, woraufhin Ulrike ihn erstaunt ansah.

„Weißt du nicht, welcher Tag heute ist?

„Natürlich weiß ich das", antwortete Georg, „heute ist Samstag."

„Das meine ich nicht", antwortete Ulrike, „ich meine das Datum."

„Heute ist der 18. August."

„Und weiter?", fragte Ulrike.

„Was – und weiter?", sagte Georg, der gerade heftig darüber nachzudenken begann, ob Ulrike vielleicht Geburtstag hätte. Er wusste ja noch nicht einmal, wann Ulrike geboren wurde. Vielleicht war das ja der Grund, dass sie gerade jetzt hierhergefahren waren.

„*Das ist mir jetzt aber in hohem Maße unangenehm*", begann Georg herumzustottern, „*ich habe es ja nicht gewusst.*"

„*Was hast du nicht gewusst?*", fragte Ulrike.

„*Dass du heute Geburtstag hast*", sagte Georg mit verhaltener Stimme.

Ulrike musste herzlich lachen.

„*Ich habe doch heute nicht Geburtstag*", sagte sie, „*unser Kaiser hat Geburtstag.*"

Was jeder Ischler und sehr viel Menschen aus nah und fern wussten, war Georg in diesem Moment nicht wirklich präsent.

„*Und das wird gefeiert?*", fragte er erstaunt.

„*Und wie*", antwortete Ulrike, „*mit viel Tschingbum und Trara. Dann rennt die Prominenz aus Politik, Wirtschaft, Gesellschaft und Kunst mit Dirndl und Lederhose herum. Und junge Menschen ziehen historische Gewänder an.*

Außerdem geben sich die Musikkapellen und Trachtenvereine ein Stelldichein, und Schützenkompanien in alten Uniformen präsentieren ihre Gewehre und rasseln mit ihren Säbeln.

Und als Höhepunkt fährt dann noch der Kaiser in seiner Kutsche ums Eck."

„Und da müssen wir heute Abend hin?", fragte Georg skeptisch.

„Das ist Pflicht für jeden Ischler", antwortete Ulrike. *„Und wie du weißt, bin ich ja eine Ischlerin."*

„Ziehst du dann auch ein Dirndl an?", fragte Georg.

„Natürlich", antwortete Ulrike, *„was denkst du denn."*

„Ich denke, ich bin froh, dass ich keine Lederhose anziehen muss", antwortete Georg lachend.

„Vielleicht kann dir ja Gerhard eine leihen", versuchte Ulrike Georg zu schrecken, was aber nicht funktioniert. Die figürlichen Unterschiede der beiden Männer gaben es einfach nicht her.

Die Familie Gerhard Reinhard hatte sich für den Abend hübsch gemacht.

Ebenso wie ihre Eltern hatten auch die beiden Mädchen Tracht angelegt. Der Anblick der beiden Schokomäuse in ihren Dirndln rief Entzücken bei ihrer Tante hervor.

„Sind sie nicht wunderschön?", sagte Ulrike zu Georg, und Georg stimmte begeistert zu. Eine wahre Augenweide war auch Jamila.

Sie trug ein dunkelgrünes Dirndl mit einer champagnerfarbigen Schürze und dazu ein Halsband aus Samt mit einem Anhänger in der Form einer silbernen Sonne.

Als sie an der Esplanade angekommen waren, wälzten sich die Menschenmassen hindurch und von allen Seiten erklang Musik.

Auf einer Bühne an der Traun schwang gerade ein Regionalpolitiker – mehr oder weniger talentfrei – den Taktstock einer Blaskapelle und entrichtete danach Schmerzensgeld in Form einer Runde Freibier für die Musikanten.

Kinder rannten mit Luftballonen herum, während ihre Eltern völlig sorglos an Stehtischen einen Gespritzten oder ein Glaserl Sekt konsumierten.

„Wir gehen am besten gleich in den Kurpark“, sagte Gerhard, *„bevor die ganzen Massen hinströmen.“*

„Aber zuvor kaufen wir den Kindern noch ein Eis“, sagte Onkel Georg, sprachs und zückte seine Geldbörse.

„Passt bitte auf, dass ihr euch nicht anpatzt“, mahnte die Mutter, und Tante Ulrike fuhr ihr in die Parade mit den Worten:

„Das macht doch nichts; schließlich gibt es ja eine Waschmaschine.“

Einzig Gerhard hielt sich bedeckt, zumal in dieser Causa bereits alles gesagt worden war.

Als sie am Kurpark ankamen, waren schon sehr viele Menschen versammelt. Die Kenner wussten, dass mit Einbruch der Dunkelheit ein ganz besonderes Spektakulum zu erwarten war.

Aus mehreren Lautsprechern erklang Musik aus der Feder von Johann Strauß. Als dann die ersten Töne des Kaiserwalzers erklangen, wurde zeitgleich ein Feuerwerk gezündet, welches den Takten der Musik angepasst wurde.

Einige der begeisterten Zuhörer bzw. Zuschauern schunkelten im Walzertakt, und andere tanzten sogar dazu.

„Der Mann rechts von mir sieht aus wie der Schauspieler Josef Meinrad“, flüsterte Georg zu Gerhard, und Gerhard antwortete:

„Der sieht nicht nur so aus wie Josef Meinrad, das ist Josef Meinrad. Er wohnt in der Nähe von Salzburg und er kommt fast jedes Jahr hierher.“

Georg stieß Ulrike an, um ihr seine tolle Entdeckung mitzuteilen. Statt einer anerkennenden Geste von Ulrike kam die Antwort:

„Den mag ich nicht. Schau lieber auf das schöne Feuerwerk!“

Nach dieser tollen Darbietung war es schon höchste Zeit die zwei kleinen Mäuse ins Bett zu bringen. Das viele Herumlaufen am Abend und zuvor das Schwimmen im Wolfgangsee forderten ihren Tribut.

„Ich bringe Malou und Kira schnell ins Bett und dann trinken wir noch ein Gläschen", sagte Gerhard, *„wir müssen ja noch auf den Geburtstag unseres Kaisers anstoßen."*

Georg und Ulrike, welche sich lieber gleich zurückgezogen hätten, stimmten schweren Herzens zu. Aber auf das Wohl seiner Majestät zu trinken, konnten sie ja wohl schwerlich ablehnen.

„Bringt Gerhard immer die Kinder ins Bett?", fragte Georg, und Jamila antwortete:

„Nein, nur am Wochenende, da ist <Papa-Tag>."

„Das ist schön", sagte Georg und erntete von Jamila ein dankbares Lächeln dafür.

Gerhard war mit Gläsern und einer Flasche Sekt zurückgekehrt. Er schenkte ein, erhob sein Glas und sagte:

„Auf das Wohl unseres allergnädigsten Herrn und Kaiser Franz Josef. Er lebe hoch, hoch, hoch!"

„Wo bin ich da nur hineingeraten", sagte Georg, *„lauter Monarchisten, und ich habe sogar den Kaiser gesehen."*

Als es allmählich kühler wurde, löste sich die kleine Gesellschaft auf.

Georg und Ulrike bedankten sich für den netten Abend und stiegen dann einen Stock höher.

„Komm mit mir, ich möchte dir etwas zeigen", sagte Ulrike und führte Georg auf den kleinen Balkon hinaus.

„Setz dich schon einmal hin", sagte sie dann, *„ich hole uns etwas zum Wärmen, und danach erzähle ich dir etwas."*

Als sie wieder zurückkam, hielt sie zwei Gläser mit Cognac in der Hand. Sie reichte eines davon Georg und stieß mit ihm an.

„Ein kleiner Schlummertrunk; zum Wohl, mein Schatz!"

„Es ist schön hier oben", sagte Georg, *„es ist so friedlich."*

„Hier bin ich mit Gerhard viele Nächte gesessen, als wir noch Kinder waren. Wenn die Eltern schliefen, haben wir uns aus unseren Bettchen gestohlen, um hier nach den Sternen zu schauen."

„Das muss aufregend gewesen sein", erwiderte Georg, *„haben euch die Eltern nie erwischt?"*

„Ich glaube, sie haben es eh gewusst", antwortete Ulrike, *„sie haben nur nie etwas gesagt."*

„*Hui, eine Sternschnuppe*", rief Georg plötzlich, „*ich habe eine Sternschnuppe gesehen.*"

„*Da, ich auch*", erwiderte Ulrike, „*du weißt schon, dass man sich etwas wünschen muss.*"

„*Das weiß ich*", sagte Georg, „*und auch, dass man es nicht aussprechen darf; sonst geht der Wunsch nicht in Erfüllung.*"

„*Stimmt genau*", erwiderte Ulrike, „*aber ich denke einmal, dass sich unsere Wünsche ziemlich ähnlich sind.*"

„*Das denke ich auch*", sagte Georg, „*ich liebe dich, und ich bin sehr glücklich.*"

„*Ich liebe dich auch mein Schatz*", erwiderte Ulrike, „*und jetzt bring mich ins Bett und wärme mich!*"

Der Ausflug am nächsten Tag nach Salzburg fand bei „Kaiserwetter" statt und führte am Wolfgangsee entlang, inklusive Blick hinauf auf den Schafberg.

Diese Redensart geht ursprünglich auf den meist strahlenden Sonnenschein am 18. August, dem Geburtstag Kaiser Franz Josephs I. von Österreich (1830–1916), zurück.

Als sie beim Dom ankamen, deutete Ulrike auf den davor liegenden Platz hin und sagte:

„*Hier findet alljährlich die Aufführung des <Jedermann> statt.*"

„Ich weiß", antwortete Georg, „ich was schon einmal hier."

„Wann war das?", fragte Ulrike aufgeregt, „und mit welchen Schauspielern?"

„Das muss in den Siebzigern gewesen sein", antwortete Georg, „damals haben das Curd Jürgens und Senta Berger gespielt."

„Dann hast du ja den Jackpot gezogen", erwiderte Ulrike, „man behauptet, das soll die beste Inszenierung gewesen sein, die es je gegeben hat."

„Das mag sein", antwortete Georg, „uns hat es jedenfalls sehr gefallen."

„Warst du mit Marie Claire hier?", fragte Ulrike, und in ihrer Stimme klang fast ein wenig Wehmut mit.

Georg nickte. Ihm war aufgefallen, wie Ulrike regiert hatte.

„Könntest du dir vorstellen im nächsten Jahr mit mir einer Vorstellung beizuwohnen?", fragte Georg schnell, und das Aufleuchten in den Augen von Ulrike war Bestätigung dafür, dass es ein kluges Vorgehen seitens Georgs war.

„Sehr sogar", antwortete Ulrike, „das ist eine wunderbare Idee von dir, mein Schatz. Ich freue mich jetzt schon darauf."

„Aber in Bad Ischl warst du noch nie zuvor?", wolle Ulrike noch kurz abklären, bevor sie ihn vor die Wahl stellte:

„Hinaufmarschieren auf die Festung oder flanieren durch den Mirabellgarten?"

Eingedenk der Gewalttour auf die Katrin und den Blick hinauf zur Festung, fiel Georg die Wahl nicht schwer.

„Lass und ein wenig ausrasten und die warme Sonne genießen", sagte Georg etwas später, als sie den Park wieder verlassen hatten und entlang der Traun schlenderten. Sie setzten sich auf eine Bank mit Blick hinauf zur Festung.

„Ich habe dir schon so viel von mir erzählt", sagte Ulrike plötzlich aus dem Nichts heraus, *„erzähl mir doch ein wenig von dir."*

Georg sah Ulrike überrascht an. Er sah sich um, so als hätte er Angst davor, dass andere Leute zuhören könnten.

Ulrike hatte Georgs Unsicherheit bemerkt und fragte:

„Ist dir das unangenehm? Dann lassen wir das lieber."

„Nein, nein", beeilte sich Georg zu widersprechen, *„es ist mir in keiner Weise unangenehm; ich würde*

dir nur lieber in einem intimeren Rahmen von meinem Leben erzählen."

„*Ist gut*", antwortete Ulrike, „*heute Abend im Bett. Ist das intim genug? Dann gibt es statt Sex Geschichtsunterricht.*"

„*Du bist unmöglich*", sagte Georg lachend und ließ sich auf das Spiel von Ulrike ein. „*Könnte man nicht auch beides machen?*"

„*Mal sehen*", antwortete Ulrike, „*wenn mir die Geschichte gefällt, gibt es vielleicht hinterher eine kleine Belohnung.*"

*****

„*Mein Name ist Georg Rommelshausen, und ich stamme aus einer adligen Offiziersfamilie.*"

Mit diesen Worten begann Georg am Abend seine Lebensgeschichte vor Ulrike auszubreiten.

Sie waren nach dem Gespräch auf der Bank an der Traun – im Strom der Massen - noch durch die Getreidegasse gewalzt, hatten beim Mozarthaus kurz Halt gemacht, um dann schnellstmöglich dem touristischen Schmelztiegel zu entfliehen.

Es folgte noch ein kurzer Stopp auf der Rückfahrt in St. Gilgen, wo sie ein Gasthaus aufsuchten, und danach ging es direkt nach Hause.

„Ist das wirklich wahr?", fragte Ulrike, *„du bist ein Graf oder so etwas Ähnliches?"*

„Die gibt es schon lange nicht mehr", antwortete Georg lachend, *„mein Vater war der letzte in unserer Familie, der noch seinen Adelstitel tragen durfte."*

„Und wie war der?", fragte Ulrike, sichtlich beeindruckt.

„Wilhelm Freiherr von Rommelshausen", antwortete Georg, *„er ließ sich aber stets als <Herr Baron> ansprechen."*

„Wie war das, als Kind in einer adligen Familie aufzuwachsen?", fragte Ulrike weiter.

„Nicht sehr schön", antwortete Georg.

„Und wieso nicht?", fragte Ulrike überrascht, und Georg antwortete.

„Zucht und Ordnung und keine Möglichkeit eine eigene Persönlichkeit zu bilden."

„Hattest du nie das Bedürfnis dem zu entfliehen?", fragte Ulrike, als sie erkannte, dass Georg keine schöne Erinnerung an seine Kindheit hatte.

„Das Bedürfnis schon", antwortete Georg, „aber nicht die Möglichkeit dazu. Als dann der Krieg ausbrach, und ich zum Sanitätsdienst einberufen wurde, war das wie ein Befreiungsschlag."

"Inwiefern?", fragte Ulrike, und Georg antwortete:

„Weil ich aus dem übergroßen Schatten meines Vaters herausgetreten bin und mit einer langjährigen Tradition gebrochen habe. Ich wollte weder eine Waffe in die Hand nehmen und noch viel weniger Offizier werden."

„Wie hat dein Vater darauf reagiert?", fragte Ulrike, und Georg antwortete:

„Für ihn ist eine Welt eingestürzt. Ein Rommelshausen als gewöhnlicher Soldat und nicht bereit mit der Waffe in der Hand zu kämpfen – welch eine Schande."

„Wie ging es dann weiter?", fragte Ulrike und fügte hinzu:

„Ich werde dich auch nicht mehr unterbrechen."

Georg sah Ulrike an und lächelte. Es war das erste Mal, dass er darüber sprach.

„Der Krieg hat ein hässliches Gesicht", begann Georg.

„Wer es nicht selbst erlebt hat, kann es sich nicht vorstellen. Menschen, die zuvor liebende Söhne und Familienväter waren, wurden zu Bestien.

Andere hingegen wurden wieder wie die kleinen Kinder, welche weinend nach ihrer Mutter riefen.

Und dann das viele Blut; überall Blut.

Ein paar meiner Kameraden habe ich helfen können, den meisten konnte ich nur noch beim Sterben zusehen.

Dann wurde ich gefangen genommen und zusammen mit einem Kameraden aus dem Burgenland bei einem Bauern zwangsverpflichtet.

Was anfänglich sehr schlimm war, entwickelte sich schon sehr bald zu einem rechten Segen.

Wir hatten ein Dach über dem Kopf, immer genug zu essen, und wurden mit der Zeit sogar respektiert.

Dann war da Marie Claire, die Tochter des Patrons. Aus Vorsicht wurde Vertrauen und später sogar Liebe.

Wir haben dann 1946 geheiratet. Alles war wunderbar. Wir haben sogar eine kleine Hochzeitsreise gemacht.

Mit der Bahn nach <Le Mont-Saint-Michel>, das war sehr schön. Wieder sich frei bewegen können ohne Angst, wie sehr haben wir das genossen."

Georg machte eine kleine Pause. Ulrike bemerkte, dass ihn irgendetwas betrübte, Man konnt es in seinem Gesicht sehen. Dann fuhr Georg fort.

„Als wir wieder zurückkamen, war etwas Schreckliches geschehen. Die Mutter von Marie Claire war an einem ihrer vielen Anfälle gestorben.

Ich machte mir damals heftige Vorwürfe. Vielleicht hätte ich sie retten können, wenn ich da gewesen wäre. Als der Doktor kam, war es schon zu spät.

Der Tod von Madame Meurisse machte dem Patron schwer zu schaffen. Er begann zu trinken. Als dann Wochen später auch noch seinen Sohn Henri ums Leben kam, hat er sich erhängt.

Die Hoffnung vieler Franzosen, dass mit dem Ende der deutschen Besatzung auch das Ende des Mangels gekommen sei, erwies sich damals als Illusion. Lebensmittelkarten gehörten bis 1949 zum Alltag, was zu Unmutsäußerungen gegenüber Politikern führte, und vor allem Landwirten, denen Wucher vorgeworfen wurde. Plünderungen waren damals an der Tagesordnung.

Als Henri sich den Plünderern in den Weg stellte, haben sie ihn erschlagen."

Ulrike hatte bemerkt, dass Georg große Mühe hatte ihr das zu erzählen. Sie nahm seine Hand und sagte:

„Das ist ja furchtbar. Fast die ganze Familie innerhalb kurzer Zeit ausradiert, was für eine Tragödie."

„Vor allem für Marie Claire. Es war nicht leicht für sie das alles hinzunehmen", fuhr Georg fort.

„Die Beerdigung vollzog sich hart an der Grenze des Ertragbaren. Als dann noch ein Großbauer direkt danach an Marie Claire herantrat, um ihr ein Übernahme-Angebot für den Hof zu machen, war sie nahe daran ihn zu ohrfeigen.

Wochen später ist sie dann von selbst auf diesen Mann zugegangen, um ihm den Hof zur Pacht anzubieten. Nach langem Hin- und Herfeilschen wurde man sich schließlich einig.

Zu meiner größten Überraschung eröffnete mir Marie Claire den Wunsch aus Frankreich wegzugehen. Sie bat mich mit ihr in meine Heimat, nach Österreich zu übersiedeln.

Und so haben wir mit wenig Gepäck – ein paar persönliche Dinge und Kleidung – Frankreich den Rücken gekehrt.

Die Reise führte uns nach Niederösterreich, vor die Toren Wiens, wo wir eine kleine Wohnung angemietet haben.

„Von was habt ihr denn da gelebt?", fragte Ulrike, und Georg antwortete:

„Am Anfang von der Pacht für den Hof, die uns per Postanweisung überwiesen wurde, und danach haben wir schon relativ bald eine Beschäftigung gefunden; für beide sogar.

Bedingt dadurch, dass viele Lehrer aus dem Krieg nicht mehr heimgekommen sind, bestand akuter Mangel an Lehrkräften. Insbesondere an den Gymnasien.

Marie Claire hat ja vor dem Krieg auf Lehramt studiert und auch einen Abschluss gemacht. Bevor sie jedoch ihren Beruf ausüben konnte, begann der Krieg.

Marie Claire hat sich sofort der Résistance[58] angeschlossen und für ihr Vaterland gekämpft. Als dann der Krieg zu Ende war, sah sie sich nicht mehr imstande einfach so vor Schüler hinzutreten und zu unterrichten. Sie zog es vor daheim auf dem Hof mitzuarbeiten.

Als sie dann in ihrer neuen Heimat erfahren hat, dass eine Französischlehrerin gesucht wird, hat sie sich sofort gemeldet und wurde auch eingestellt.

Ich als Sanitäter mit <blutiger Berufserfahrung> hatte kein Problem Arbeit zu finden. Ich meldete mich beim Roten Kreuz und wurde mit Freuden eingestellt.

Anfangs noch als Mitarbeiter bei der Rettung avancierte ich sehr schnell zum Ausbilder. Berufserfahrung hatte ich ja zur Genüge.

---

[58] Französische Widerstandsbewegung

Dann klopfte das Glück an unserer Tür. Nicht dass wir nicht glücklich gewesen wären, aber Fortuna kam zusätzlich noch mit ihrem großen Füllhorn bei uns vorbei.

Der Großbauer hatte damals nicht ohne Grund darauf gedrängt den Hof von Marie Claire zu kaufen, anstatt ihn zu pachten. Er wusste damals schon, dass großes Interesse an dem gesamten Gebiet bestehen würde.

Nur wenige Jahre nach dem Weggang aus Frankreich, meldete sich ein großer Konzern, der Golfplätze auf der ganzen Welt baute.

Und für die Region rund um den Hof und die dazu gehörenden Wiesen- und Ackerflächen war ein 18-Loch-Golfplatz geplant.

Das Angebot für Hof und Grund war entsprechend hoch, zumal dieses <Filetstückchen> noch fehlte, um den Golfplatz bauen zu können.

Der Erlös von dem Verkauf erlaubte uns dann in Wien, im 13. Bezirk, in der Nähe des Lainzer Tiergartens ein Haus zu bauen."

Georg machte eine kurze Pause, bevor er sagte:

„Und den Rest kennst du ja..."

„Darf ich dir noch eine Frage stellen?", sagte Ulrike fast ein wenig zaghaft.

Georg nickte, und als Ulrike fragte:

„Seid ihr je wieder nach Frankreich gefahren?", schüttelte er nur mit dem Kopf.

„Hatte Marie Claire denn niemals Heimweh?"

„Nein, nicht eine Sekunde lang", antwortete Georg, *„was ich selbst nicht so recht verstanden habe."*

„Hast du sie nicht gefragt?", sagte Ulrike, und Georg erwiderte:

„Du sagtest <eine Frage> und jetzt sind es schon drei."

„Das ist die letzte, versprochen!", antwortete Ulrike.

„Also gut", sagte Georg, *„ich habe immer wieder einmal daran gedacht sie danach zu fragen, habe es aber gelassen. Vielleicht hätte ich nur eine Wunde aufgerissen, und das wollte ich nicht.*

Wir waren zufrieden und glücklich, und wir hatten einen gewissen Wohlstand. Das ist viel mehr, als die meisten Menschen von sich sagen können.

Und jetzt verweigere die Beantwortung jeglicher weiterer Frage."

„Das ist bedauerlich", sagte Ulrike mit einem spitzbübischen Lächeln.

„*Was meinst du damit?*", fragte Georg, und Ulrike antwortete:

„*Nichts. Ich wollte nur fragen, ob du jetzt deinen Nachtisch möchtest.*"

„*Du bist ein böses Weib*", sagte Georg, „*ich werde dir jetzt kräftig den Hintern versohlen.*"

„*Nur zu, mein Gebieter*", antwortete Ulrike, „*das ist eine wunderbare Idee.*"

*****

Das Pflegeheim „Abendruh" lag ca. 30 km außerhalb von Bad Ischl. Ulrike hatte Georg beim Frühstück gefragt, ob seine Bemerkung „*mit ihr die Mutter besuchen zu wollen*" ernst gemeint gewesen wäre.

Georg hatte ohne zu zögern, Ulrikes Fragen bejaht. Nun saßen im Zimmer von Frau Dr. Erika Reinhard. Als sie das Zimmer betraten, saß Ulrikes Mutter vor dem offenen Fenster, welches in den Park hinausführte.

„*War deine Mutter auch Ärztin?*", fragte Georg leise, und Ulrike antwortete:

„Ja, ebenso wie mein Vater, mein Großvater und so weiter. Was in deiner Familie die Militaristen sind, das sind bei mir die Ärzte."

„Hallo, Mutter, ich habe dir jemand mitgebracht."
Mit diesen Worten trat Ulrike zu ihrer Mutter und gab ihr einen Kuss. Die Mutter drehte sich um und sah zu Georg.

Georg war überrascht, als er in ein freundliches Gesicht blickte. Er wusste bisher nur, dass demente Patienten meist eine starre und freudlose Mimik zeigen.

Ulrikes Mutter streckt Georg die Hand entgegen und sagte:

„Nehmt ihr mich mit nach Hause?"

Bevor Georg etwas sagen konnte, kamen von Ulrike die Worte:

„Das sagt sie jedes Mal."

Georg zeigte sich befremdlich ob dieser Äußerung. Wie konnte Ulrike im Beisein ihrer Mutter so etwas sagen.

„Ich sehe, du bist überrascht", sagte Ulrike, *„es ist schwierig für einen Außenstehenden zu begreifen, was in einem dementen Menschen vorgeht.*

Es hat auch für mich sehr lange gedauert, bis ich verstanden habe, was die Ärzte und das Pflegepersonal mir versucht haben zu erklären.

Demente Menschen können ab und zu aus ihrer Welt für einen kurzen Moment heraustreten; aber sie lassen keinen hinein."

Nach diesen Worten gab Ulrike die Blumen, welche Georg besorgt hatte, in eine Vase. Sie setzte sich zu ihrer Mutter und strich ihr zärtlich über die Wange.

„Das ist Georg, Mutter. Ein ganz wunderbarer Mann. Wir lieben uns und vielleicht fragt er mich irgendwann, ob ich seine Frau werden möchte.

Ich fürchte, das kann jedoch noch etwas dauern. Ich werde dir aber rechtzeitig Bescheid geben, damit du zu unserer Hochzeit kommen kannst."

Ulrikes Mutter sah zu Georg, und Georg war für einen kleinen Augenblick versucht zu glauben, dass die demente Frau alles verstanden hatte.

Doch dann sagte er sich, dass das wohl kaum möglich wäre. Er musste unwillkürlich darüber lächeln, wie Ulrike mit ihrer Mutter gerade gesprochen hatte.

Aber wahrscheinlich war das der richtige Weg sich selbst ein wenig zu schützen, wenn man mit einem geliebten Menschen spricht, der das, was er hört, sofort wieder vergisst.

Nach einer knappen Viertelstunde verabschiedete sich Ulrike von ihrer Mutter mit den Worten:

„Bis bald wieder, Mammi. Ich habe dich lieb."

Georg fühlte die ganze Zeit über eine gewisse Unbehaglichkeit, und er war froh, als sie wieder gingen. Er schämte sich fast ein wenig, und als die Mutter beim Hinausgehen wieder diesen Satz sagte:

„Nehmt ihr mich mit nach Hause?", fühlte er sich richtig mies.

„Es tut mir leid", sagte Ulrike, die bemerkt hatte, dass sich Georg gerade nicht sehr wohl fühlte, *„es war vielleicht doch keine so gute Idee dich hierherzuschleppen."*

„Nein", widersprach Georg heftig, *„ich bin sehr froh, dass du das gemacht hast. Ich mag deine Mutter. Es tut mir nur weh, dass ich ihr das nicht sagen kann."*

„Es genügt, dass du es mir gesagt hast, mein Liebling", sagte Ulrike, *„das gibt mir sehr viel."*

*****

Die restlichen Tage vergingen wie im Fluge. Kleinere Ausflüge in die Nähe, inklusive Bootsfahrt auf dem Wolfgangsee und Einkehr im „Weißen Rössl" rundeten den Urlaub ab.

Der Abschied fiel allen sehr schwer. Besonders die beiden Schokomäuse wollten ihren neuen Onkel Georg gar nicht fortlassen.

„Jetzt kommt ihr aber erst einmal nach Wien", sagte Georg. *„Ich habe ein Haus ganz nah bei einem riesengroßen Park, wo man Wildschweine und andere Tiere in freier Natur sehen kann."*

Kira und Malou zeigten sofort ihre Begeisterung, und Gerhard und Jamila versprachen nicht allzu lange mit ihrem Gegenbesuch zu warten.

Nach einigen Kilometer Fahrt brach Ulrike das Schweigen, das sie bis hierhin begleitet hatte.

„Jetzt hast du eine große Familie. Wie findest du das?"

„Es ist wunderbar", sagte Georg, *„ich bin sehr froh darüber."*

„Wird es dir auch nicht zu viel werden?", fragte Ulrike und Georg antwortete:

„Ganz sicher nicht."

Es folgten weitere Kilometer des Schweigens, bis Ulrike plötzlich sagte:

„Willst du mich heiraten?"

Georg sah Ulrike einen Moment lang nur an und sagte dann:

„Ich dachte schon, du fragts mich nie..."

*****